当代中国
经典
小小说

第四卷

4

Fourth
volume

摆渡

Ferry

任晓燕
秦 俑

主 编

中国言实出版社

图书在版编目（CIP）数据

摆渡 / 任晓燕，秦俑主编 . -- 北京：中国言实出版社，2019.3 （当代中国经典小小说；4）
ISBN 978-7-5171-3072-7

Ⅰ . ①摆… Ⅱ . ①任… ②秦… Ⅲ . ①小小说—小说集—中国—当代 Ⅳ . ① I247.82

中国版本图书馆 CIP 数据核字（2019）第 047115 号

出 版 人：王昕朋
总 监 制：朱艳华
责任编辑：宫媛媛
责任印制：佟贵兆
装帧设计：7 拾 3 号工作室

出版发行　中国言实出版社

地　　址：北京市朝阳区北苑路 180 号加利大厦 5 号楼 105 室
邮　编：100101
编辑部：北京市海淀区北太平庄路甲 1 号
邮　编：100088
电　话：64924853（总编室）64924716（发行部）
网　址：www.zgyscbs.cn
E-mail：zgyscbs@263.net

经　　销　新华书店
印　　刷　北京温林源印刷有限公司
版　　次　2019 年 5 月第 1 版　2019 年 5 月第 1 次印刷
规　　格　880 毫米 ×1230 毫米　1 / 32　7.75 印张
字　　数　180 千字
定　　价　46.00 元　ISBN 978-7-5171-3072-7

编选前言

作为小说之一种，小小说的起源与中国古代文学的发展几乎是同步的：早期的神话故事、民间传说与《孟子》《庄子》《韩非子》里的一些寓言故事，可以算作是虚构叙事文学最早的源头；《左传》《战国策》《史记》等史传中，有一部分文章非常精短，人物性格鲜明，故事曲折精彩，基本具备了小小说写人叙事的特征；而《世说新语》、唐元话本、《太平广记》、《阅微草堂笔记》、《聊斋志异》中的诸多篇什，已初具小小说文体的雏形。但是，从文体规范上讲，这些作品仍属于民间传说、寓言故事或笔记小品，还没有形成完整的现代意义上的小小说文体特征。小小说作为一种真正有尊严的、独立的文体存在，应该是现当代文学史近几十年的事情。

特别是二十世纪八十年代以后，手机、网络与碎片化阅读的兴起，为小小说的繁荣提供了契机。经过数十年的发展，小小说不仅吸引了遍及全国、数量庞大的作者与读者群体，也出现了月发行量数十万份的标志性刊物，有近百篇小小说作品被选入大中小学语文课本，逾百位小小说作家加入中国作家协会，全国性的小小说笔会、征文、研讨此起彼伏，小小说的读写、报刊、图书、自媒体等热潮相继涌现。2010 年，中国作家协会修订发布《鲁迅文学奖评奖条例》，正式明确将小小说文体纳入鲁迅文学奖评选序列。2018 年 8 月，第七届鲁迅文学奖评选揭晓，冯骥才先生的《俗世奇人》（足本）

以"俗雅融通、拈轻成重的经典之魅",为小小说赢得了鲁奖开评以来的破题"首奖"。这个事件,被业界解读为小小说这一新兴文体走向成熟的重要标志。

　　在这种背景下,中国言实出版社与《小小说选刊》共同策划编选《当代中国经典小小说》系列图书。我们从1949—2018年间发表出版的小小说中,精心遴选了一部分具有经典意味、突显时代精神的小小说佳作,汇编成册予以出版,一方面是为了向新中国成立七十周年献礼,另一方面也是对数十年小小说创作成就的一个梳理与总结。书中所选作品立足人民大众,关注社会现实,彰显艺术力量,以小小说这一适合时代发展的文学样式,书写中国故事,弘扬时代精神,从不同时期、不同艺术风格显示了小小说文体的独特魅力。我们相信,本书的出版,会为小小说的阅读、写作与研究提供一个很好的范本,也期待读者朋友们为我们的编选工作提出好的意见与建议。

任晓燕　秦俑

2019 年 2 月 28 日

目录

陈 小 手

汪曾祺

我们那地方，过去极少有产科医生。一般人家生孩子，都是请老娘。什么人家请哪位老娘，差不多都是固定的。一家宅门的大少奶奶、二少奶奶、三少奶奶生的少爷、小姐，差不多都是一个老娘接生的。老娘要穿房入户，生人怎么行？老娘也熟知各家的情况，哪个年长的女用人可以当她的助手，当"抱腰的"，不需临时现找。而且，一般人家都迷信哪个老娘"吉祥"，接生顺当。——老娘家都供着送子娘娘，天天烧香。谁家会请一个男性的医生来接生呢？——我们那里学医的都是男人，只有李花脸的女儿传其父业，成了全城仅有的一位女医人。她也不会接生，只会看内科，是个老姑娘。男人学医，谁会去学产科呢？都觉得这是一桩丢人没出息的事，不屑为之。但也不是绝对没有。陈小手就是一位出名的男性的产科医生。

陈小手的得名是因为他的手特别小，比女人的手还小，比一般女人的手更柔软细嫩。他能专治难产。横生、倒生，都能接下来（他当然也要借助于药物和器械）。据说因为他的手小，动作细腻，可以减少产妇很多痛苦。大户人家，非到万不得已，是不会请他的。中小户人家，忌讳较少，遇到产妇胎位不正，老娘束手，老娘就会建议："去请陈小手吧。"

陈小手当然是有个大名的，但是都叫他陈小手。

接生，耽误不得，这是两条人命的事。陈小手喂着一匹马。这匹马浑身雪白，无一根杂毛，是一匹走马。据懂马的行家说，这马走的脚步是"野鸡柳子"，又快又细又匀。我们那里是水乡，很少人家养马。每逢有军队的骑兵过境，大家就争着跑到运河堤上去看"马队"，觉得非常好看。陈小手常常骑着白马赶着到各处去接生，大家就把白马和他的名字联系起来，称之为"白马陈小手"。

同行的医生，看内科的、外科的，都看不起陈小手，认为他不是医生，只是一个男性的老娘。陈小手不在乎这些，只要有人来请，立刻跨上他的白马，飞奔而去。正在呻吟惨叫的产妇听到他的马脖子上的銮铃的声音，立刻就安定了一些。他下了马，即刻进产房。过了一会（有时时间颇长），听到哇的一声，孩子落地了。陈小手满头大汗，走了出来，对这家的男主人拱拱手："恭喜恭喜！母子平安！"男主人满面笑容，把封在红纸里的酬金递过去。陈小手接过来，看也不看，装进口袋里，洗洗手，喝一杯热茶，道一声"得罪"，出门上马。只听见他的马的銮铃声"哗棱哗棱"走远了。

陈小手活人多矣。

有一年，来了联军。我们那里那几年打来打去的，是两支军队。一支是国民革命军，当地称之为"党军"；另一支是孙传芳的军队。孙传芳自称"五省联军总司令"，他的部队就被称为"联军"。联军驻扎在天王庙，有一团人。团长的太太（谁知道是正太太还是姨太太），要生了，生不下来。叫来几个老娘，还是弄不出来。这太太杀猪也似的乱叫。团长派人去叫陈小手。

陈小手进了天王庙。团长正在产房外面不停地"走柳"，见了陈小手，说：

"大人、孩子，都得给我保住！保不住要你的脑袋！进去吧！"

这女人身上的油脂太多了，陈小手费了九牛二虎之力，总算把孩子掏出来了。和这个胖女人较了半天劲，累得他筋疲力尽。他歪歪斜斜走出来，对团长拱拱手：

"团长！恭喜您，是个男伢子，少爷！"

团长龇牙笑了一下，说："难为你了！——请！"

外边已经摆好了一桌酒席，副官陪着。陈小手喝了两盅。团长拿出二十块现大洋，往陈小手面前一送：

"这是给你的！——别嫌少哇！"

"太重了！太重了！"

喝了酒，揣上二十块现大洋，陈小手告辞了："得罪！得罪！"

"不送你了！"

陈小手出了天王庙，跨上马。团长掏出枪来，从后面，一枪就把他打下来了。

团长说："我的女人，怎么能让他摸来摸去！她身上，除了我，任何男人都不许碰！这小子，太欺负人了！日他奶奶！"

团长觉得怪委屈。

摆渡

巴西木开花啦

刘心武

　　繁蕙家客厅里的那盆巴西木开花啦！好花要共赏，她给微信群的朋友们发去信息，约请那晚能抽出工夫的朋友们观看她的即时直播。那盆巴西木才养了三年多，居然蹿出两个花穗，其中一个几天工夫就升得有两尺来长，而且开始斜伏，上面均匀分布着纯白的绣球状花苞，花球下还分泌出晶莹的蜜汁滴，煞是可爱！尚未张开花瓣，已经飘出沁脾香气。那天晚饭后，她每隔五分钟传上一张照片，以全景、中景、近景和大量特写来展现巴西木开花，还有她和老伴用自拍器录下、在盛开的花木前跟众朋友问好的视频。

　　繁蕙的微信圈，绝大多数是大学同窗。他们在上世纪50年代就读于一所工科学院，毕业后分配到与所学专业相关的单位，经历过相同的时代风云，陆续在上世纪90年代退休。他们退休那阵，个人电脑还没流行，在周围人中，繁蕙是最早拥有个人电脑并且迅速掌握汉字输入法的，她在本世纪初就开了博客，进行网聊，并且比较早就拥有手机，又在微博刚流行时就成了微博控，是最早一批网购控。时下她又成了手机不离手的微信控，当年的同窗，凡能联系上的，她都动员他们加入了微信群。

当年的同窗里，唯有长期跟她睡上下铺的慈梅，在这数码时代，彻底地落伍了。慈梅几年前在她的一再动员下，才终于置备了一台电脑，她在电话里费好大劲儿教会了慈梅上网，她通过电邮给慈梅传去不少配乐的幻灯片，嘱咐慈梅给她回复。慈梅却只是给她来电话，说无论如何学不会汉字输入法。繁蕙忍不住在电话里说："你当年是班里成绩拔尖的呀！怎么现在学个新技术这么费劲？其实你只要找个年轻人，到你身边指点几次，很快就掌握了呀！"慈梅竟马上挂断了电话，繁蕙这才意识到失言。慈梅中年丧偶没有再婚，独生子在十年前患脑癌去世，虽然媳妇对她很好，但是儿子和媳妇没有生育，七年前媳妇改嫁了，给别人家生了后代，慈梅哪里找能关怀帮助她的年轻人去！

同窗们都很怀念慈梅。慈梅不回复电邮，甚至也不置备手机，同窗们逢年过节或想起她时，给她打座机，虽然她的回应一开始总很高兴，但只要来电者道出"你一个人也真不容易啊""你闷了时只管来电话"等话语时，慈梅便会直率地告白："我一个人过得好着啦！我才不闷呢！我充实得很！"

那天繁蕙在微信群里的巴西木开花直播，带给都已步入八十岁的同窗们极大的乐趣。微信里七嘴八舌，有叹稀罕的，有赞花美的，有遗憾嗅不到香气的，有咏诗抒怀的，有调侃他们两口子老来俏的，有借此交叉对话的……一位男士忽然来了句："你就该动员慈梅入群，让她也开开心！"繁蕙知道一个秘密，就是那男士当年给慈梅递过情书，没想到几十年后别的人一时都忘记了慈梅，他却从心底牵出了初恋的情愫。繁蕙忍不住就从自家座机打到慈梅座机，向她报告自家巴西木开花的情景。慈梅听了很高兴，繁蕙趁机动员慈梅加入微信群，慈梅说新买的手机只用于上街时应急拨打救援号码，"我不入群也挺好的。"接着就结束通话。

巴西木开花的微信直播结束后，老伴见繁蕙满屋子找纸笔，就问她："怎么？要返老还童吗？"繁蕙说："正是。我要给慈梅写信。明天你先去打印巴西木开花的照片，然后把我写的信拿到邮局去寄，注意：现在到邮局窗口投寄往往会不用邮票只打邮戳，咱们这信却一定要在信封上贴邮票。总之，信的形式越复古越好！"

抛开电脑、手机，繁蕙认真地给慈梅写起信来。这才发现提笔忘字，字体也幼稚得可以，但是，当年种种情景心绪，却涌荡心头，大学毕业后，各奔东西，她和慈梅远离几千里，但是她们一直通信，到二十几年前才结束了这种原始的联络方式。繁蕙写信时心里暖流潺潺，巴西木开花啦，人生还剩几何？与同窗分享这桩乐事，就是当下生命实实在在的意义！

天　道

陈建功

丁囡囡发誓自己也得去发财的时候，别人都已经发够了财了。

其实此前她也没少见到人家发财，好像也没怎么动心。可母校的校庆日那天，一个曾经叫她"红卫兵奶奶"、趴在她的皮带底下哭爹喊娘的"狗崽子"，居然坐上一辆凯迪拉克，牛气烘烘地停在了她的面前，又成心再灭她一道似的，当着她和全体校友们的面，甩给了校长一张七位数的支票，把她看得差点儿没背过气去。

"操，我们老爹打下的江山，凭什么让他们这么发财啊！"

在一个朋友家，我认识了丁囡囡。说起这事，她还咬牙切齿，又仿佛从中顿悟出了一点什么。

"我这才明白我们真他妈傻帽儿，真他妈的败家子——还愣什么呢，赶紧，与其让他们发，干吗不他妈的让我们发？……"

……

没多久，听说丁囡囡果然发了：她在南边倒腾了几个月的地皮，成了一个富婆。

你不能不感叹，到底是人家老爹打下的江山。

听朋友说过好几次，说丁囡囡还是那么"气不忿儿"，别看她发了财。

"不是都发了财了吗，还有什么气不忿儿的？"我这个人永远是"燕雀不知鸿鹄之志"。

"谁知道她！老骂人，问：'这天下到底是谁的？'"朋友说。

"你得告诉她，天下就算是她的，也得留条道儿让别人走啊。"丁囡囡那副气夯夯的模样是不难想象的。想起时至今日，居然还有人这样想问题，我就忍不住想乐。

最近，在一家大医院的门口遇见了我的朋友。他说他看丁囡囡来了，她快死了。

"快死了？"

"是啊，肝癌。已经爬不起来了。"

我陪我的朋友到病房去看她。

"瞎掰！……我这一辈子，争竞半天，管屁用！甭管谁，往火化炉里一塞，全他妈的只占巴掌大的地方！"她蜡黄的脸上冒着虚汗，口气却和没病时一样。

我说："你早想到这一层，就得不了这病。不过现在还不晚，你明白了，你的病就好了……"

"扯淡！甭蒙我，好不了了！……不过，你说得对，他早告诉我了。"她指指我的朋友。

"……我跟我家里人说了，我死了，把我的骨灰扬了，我连巴掌大的地方也不要——我活着时，给别人留的道儿太少，死了，给别人腾点儿地方吧……"

听说丁囡囡居然没死，直到今天。

离　婚

邓　洪　卫

　　吴同是在三十岁那年的春天决定离婚的。在这之前，他和妻子的感情一直很好。

　　也正是那年的春天，吴同发现妻子有了外遇。

　　那天晚上，吴同打电话告诉妻子，自己要加班写材料，很晚才能回家。吴同是单位里的笔杆子，领导有什么材料都要他写。单位里的事儿不多，可要写的材料却不少。因此，吴同就经常要加班给领导写材料，一写，就到深夜，有时能写一宿。

　　可那天，吴同的笔很顺，本来预计写到下半夜两点的材料，十点多钟就完成了。吴同收拾好东西就下了楼。到楼下的车库里，吴同怎么也找不到自己那辆崭新的自行车了。多年以后，吴同总觉得自行车的被盗是以后家庭不幸的征兆。

　　丢失了自行车的吴同，只好步行回家。

　　吴同的家是三间老式平房。那天吴同走到后街的拐弯处，就看到自家的屋里没有一丝光亮。吴同想，妻子怎么这么早就休息了呢？这时候，吴同看到自家的门开了一半，从里面溜出一个人来，那人随手把门带上，匆匆地拐上了前街，很快消失在夜色里。

　　吴同看那人的背影，好像是妻子的顶头上司。

　　吴同的脑子"嗡"的一声，像一下子钻进了上千只蚊子苍蝇，身体也忽悠一下，被抛进了万丈深渊。

　　吴同知道，自己原本幸福的婚姻将面临解体。

　　那天，吴同没有回家，而是又回到了办公室，在沙发上躺了一夜。那一夜，吴同怎么也不能合眼，满脑子只有两个字：离婚！

　　我一定要离婚！

　　我不能失去男人的尊严！

　　天明我就去离婚！

　　可天快亮的时候，吴同离婚的决心开始动摇了。

　　局里将提拔一个科长，过几个月就见分晓。局长曾经表示吴同是重点培养对象，这时候闹离婚，一定会对吴同的政治前途有影响。唉，还是等几个月再说吧。

　　几个月后，吴同果然当上了科长。吴同想，这时候如果提出离婚，别人会怎样看他，还是再等几个月吧。又过了几个月，吴同觉得科长的位置比较稳固了，就又想到了离婚。可这时，妻子已经怀孕八个月，眼看就要分娩了。吴同长长叹了一口气，想，还是等孩子生下来再说吧。

　　孩子终于生了下来，是个男孩。让吴同欣慰的是，孩子的眉眼像极了自己。孩子到了一周岁，吴同又想到了离婚。可吴同一看到孩子，就犹豫了。吴同想，离婚了，孩子怎么办？妻子肯定不会把孩子让给他的，而自己又实在舍不得孩子。再等等吧。

　　这一等，就是三十年。

　　这三十年里，吴同无数次地想到过离婚，又无数次地打消了这个念头。孩子正在上学，吴同怕影响孩子的学习成绩。还是等孩子考上大学再离婚吧。终于，孩子考上了大学，吴同又想，还是等孩子工作了再谈离婚吧。这三十年里，吴同时时感到有挥之不去的痛苦像一头怪兽在咬啮着自己的心。吴同对自己说，离婚吧，不然我会疯的。吴同经常一个人来到旷野上，发疯一般狂奔，跌倒了，爬起来再跑，直到精疲力竭地仰躺在地上，像死了一样，一动不动。有时，吴同还会对着天空一遍遍地狂喊：我要离婚！直到把自己的嗓子喊哑。有许多次，吴同被大雨浇得浑身尽湿却全然不顾。

如今，孩子工作了，吴同该提出离婚了。可他怎么也不会想到，这时候，一向身体很好的妻子却病倒了。诊断书上赫然写着：肝癌晚期。

吴同一下子蒙了。

几个月后，妻子的病情恶化。

这一天，妻子已经到了生命的最后一刻，病房里挤满了亲友。妻子用微弱的声音说，请你们都出去一下，我对他说句话。亲友们都出去了。吴同俯下身来，吴同听见妻子用含混的声音对自己说，谢谢……你对我……的照顾，我感到很……幸福。说着，妻子苍白的脸上露出一丝笑容。吴同却抖抖索索地从衣兜里掏出一张纸来说，这是《离婚协议书》，我已经代你签过名了，你按一下手印好吗？妻子的眼睛瞪大了，笑容一下子僵在脸上。好一会儿，才缓缓地抬起手，可抬了一半，猛地垂了下去……

吴同愣了一会儿，放声大哭。外面的亲友听到哭声都拥进来。他们看吴同哭得那么伤心，都劝。可吴同哭得更厉害了。在场的人都流下了眼泪……

从殡仪馆出来，吴同从兜里掏出那张纸，扯碎了，扔在空中。

这时，吴同看到不远处的路边，有一辆崭新的自行车，在阳光下闪闪发光。

吴同觉得它跟自己三十岁那年春天丢失的那辆车一模一样。

可是，怎么会呢？那辆车，已经丢失近三十年了，即使找到，也已经破旧不堪了。

一吻三十年

高建群

八岁红是某市晋剧团的当家花旦，在晋陵一带颇有名气。

八岁红八岁上唱红。这以后，古戏新戏，文戏武戏，又演过许多角色，算起来有三四十个，不过大家认为她演得最好的角色还是"文化大革命"时期从京剧移植过来的那个《红灯记》。在《红灯记》中，八岁红自然演的是李铁梅。记得当时"破四旧"，没有年画可卖，于是印刷部门将八岁红演铁梅的定装照印成年画，许多人家中都贴过这画。

好汉不提当年勇，或者说"美人迟暮"，上面说的都是当年的旧事了。如今八岁红已年过六旬，退休在家。漂亮的人不经老，当年那绷得紧紧的白嫩面皮，如今已经松弛下来，尖下巴也变成了双下巴，黑白分明的两只大眼睛，那黑的地方如今也不甚黑，白的地方也不甚白了。

八岁红在家闲着无事，于是想到要余热利用，办一个少年戏剧学习班。这学习班说说容易，办起来却难，需要的启动资金，说多了得三十万，说少了也得三万。

八岁红于是四处"化缘"，希望能够筹到资金。有人出了个馊主意，让八岁红重出江湖，演上几场戏募捐资金。然八岁红如今已人老珠黄，年轻一代更喜欢那些港台明星之类，谁会来看这个"老怪物"的戏？

八岁红的孙女是个大学生，她心疼奶奶，劝八岁红不要跑着去筹钱，她说她有现代手段。啥叫"现代手段"？原来，女大学生是要在互联网上发消息。

那互联网上的消息这样写道：八岁红欲振兴地方剧种举办少年戏剧学习班，万事齐备，只缺资金，盼有识之士解囊相助云云。

消息在互联网上发出后，不几日，八岁红正在家中闲坐，突然有人敲门。门开处，进来一个老板模样的人。老板进来，先眼睛直勾勾地瞅着八岁红看一阵。演员天生一张脸就是让人看的，八岁红从小卖蒸馍，啥事没经过，那脸早被人看得能结上老趼了。可是这一辈子没有害羞过的八岁红，面对这男人的注视竟有些害羞，脸像小姑娘一样地红了。

男人意识到了自己的失态，赶紧收回了目光。

男人细致地询问了办班的情况，最后将腋下的黑皮包放到桌上，拉开拉链，从里面一沓一沓取出一堆钱来。

男人将钱在桌上码好，对八岁红说，这是十万，我刚刚称过的，一万元是一市斤，十万元是十市斤，我从保险柜取出时称过，刚好十斤。这十万元算第一批赞助，余下的二十万元陆续到位。

这简直是天方夜谭，瞅着眼前的这一摞百元大票，八岁红简直像做梦一样。她拿起一沓钱来，戴上老花眼镜去看。那男人见了，笑一笑，有些居高临下的味道，但又极为友善地说，不是假钱，你放心。

一桩让八岁红千难万难的事情，就这样轻易解决了。这事确实有些奇怪。八岁红问那人的名字，那人笑一笑，不必问了，普通老百姓一个。又问他的公司，那人又说，这是他的个人行为，与公司无关，因此就不必问他公司的名称了。

"那你一定是个狂热的晋剧迷吧？"八岁红这样问。谁知那人又摇了摇头，说他过去喜欢美声唱法，现在喜欢流行歌曲，对于晋剧，他从来就没有产生过兴趣。

"那究竟是为什么呢？谁也不会钱多得拿去打水漂。你来赞助，一定有你的道理，如果你说不出个道道儿来，这钱我就不能收！"八岁红说完，真的将钱又推到了那男人的跟前。

"真的要我说明原因吗？世界上有些秘密本来就不该说的，不过你既然要我说，那我就说吧！

"我曾经为你坐过牢，从二十岁到三十岁，人生最美好的一段年华。你不要惊异，你不会知道这件事的，因为这纯粹是我个人的事。"

来人继续用一种徐缓的追忆口吻说："那是三十年前的事了。那时我是一个工厂的青工。还记得你扮演李铁梅的那张剧照吗？我们集体宿舍的墙壁上，就贴着这么一张。"

"那时你多么年轻呀！"来人瞅了一眼已经老态龙钟的八岁红，叹息一声，继续说，"我们宿舍的八个小伙子都喜欢你崇拜你，而最喜欢你的是我。我那时做了一件傻事，这事让我现在想起来都脸红。"

来人停顿了一下，又瞅了八岁红一眼，继续说："每天上班时，我都是最后一个离开宿舍。最后离开的原因是为了和你告别。而那告别仪式是亲吻一下你的嘴唇——当然是张贴画上的嘴唇。"

"这事后来被同室的人告发了。那嘴唇经过成年累月的亲吻，颜色已经褪去，因此很容易被人怀疑。最后，有一次在亲吻的时候，门被推开，我被当场拿获。后来，以流氓罪而被判刑。"

这真是一个奇怪的故事。如果不是来人这样说出，八岁红即使有再丰富的想象力，也不会想到在她身上竟然发生过这样的故事。此刻她感到自己的嘴唇有些发烫，于是赶紧害羞地用手捂住。

八岁红收下了那人的赞助款。随后"八岁红艺校"就红红火火地办了起来。而后来，那人答应过的二十万元赞助，也分两批汇到了学校的账上。

那天在告别时，曾经发生过一件事，就是接吻。八岁红将那人送到了门厅，握手告别时，她突然有一个愿望，就是给那人一个吻。那男人似乎有同样的想法，四目相对，他们互相注视着，迟疑地、试探着走近对方，接着四片嘴唇胶在了一起。

小　站

津子围

　　老秦在小站上当了十六年的警察，他属于铁路警察，责任区很窄，流动性却很大。小站就像一个电影院，一列客车就是一场电影，"电影"上演时，三十年代建的"票房子"内拥挤喧嚣；落幕散场，小站冷冷清清。暑往冬来，老秦习惯了轰轰隆隆的机车和南腔北调的旅客，习惯了煤气与人体生理分泌物及各种食品混合的气味儿，他也由威风凛凛走来走去、四处投射警惕目光的小伙子，变成了行动迟缓、目光懒散的中年人。

　　下雪那天老秦当班。早晨老婆和他吵了一架，明年女儿就上中学了，老婆不想让女儿在小镇上读初中，老秦不肯这么早地去找关系。老婆说，我可不希望女儿像你一样没出息，一辈子因在这个小地方。老秦不喜欢听这样的话，他说当初还不是为了你，我才来这个小站的。的确，老秦从警校毕业时，完全有机会留在路局，至少可以留在大站，为了照顾妻子的身体，他才来到这个小站。老婆说，你还好意思说，当初我嫁你，还不是想离开这个小镇。老秦说，别想得那么简单，说离开就离开啊？你的接收单位好找吗？有房子住吗？老婆说那要看你追求什么，你想都不想能有机会就怪了。老婆饭也没吃，带着女

摆渡

儿乘早晨六点的火车去了城里。

　　老秦接班之后就是一趟长途过站车，车还没进站，十几个带着大包小裹的民工就簇拥在检票口，他们大概知道这趟车停车的时间很短，就争先恐后，唯恐上不了火车。老秦知道那些人是种貂场的雇工，打了一年的工，该回家过年了。由于心情不好，老秦开始找他们的茬儿："你们几个，过来！"民工们你瞅我我瞅你，目光里隐含了恐惧。"说你们呢，你，穿夹克的……把包也带过来！"穿皮夹克的青年迟疑地走了过来。"把包打开！"老秦的声音很平静，一点儿都不高调门儿，可平静之中隐藏着更多的严厉，仿佛他已经洞察了一切。的确，在一个逼仄的空间里用了十几年的"警察眼睛"，老秦练就了一双火眼金睛。"皮夹克"打开背包，尽管他不愿意，可还是被老秦在夹层里翻出了两块小貂皮。老秦一手按着枪套，一手对民工们指点着："看到了吧！你们自己动手，把不该拿的东西都拿出来。""皮夹克"解释说，这两块貂皮是场主发不满工资，顶账的。老秦当然不能相信他的话，命令民工把隐藏的东西都拿出来。这样拉扯期间，火车进站了。老秦不放他们，他们当然不敢离开。车开过去了，民工也和养殖场的场主联系上了。"一场误会。"场主在电话里说，"不过，还要感谢您，您很负责任。"老秦有权力检查，民工也觉得警察检查他们天经地义，他们不敢怀疑老秦的执法。尽管他们落下了火车，改坐下一趟车，那趟车需要倒车折腾，车票也出了问题。可事情毕竟搞清楚了，他们反而觉得十分庆幸。临走，"皮夹克"还递给老秦一支烟说："我理解，这是你的分内之事。"

　　老婆下午五点来了电话，老婆告诉老秦事情有眉目了，"你猜怎么着？我碰到你一个同学，他正好在育才中学当教务主任。

今天晚上我们就不回去了，明天要面试。你同学说了，面试也就走个过程。"放下电话，老秦不理解，听老婆的声音好像早晨根本就没吵过架似的。不过，接下来的时间里，老秦的心情还是发生了变化，晚上吃了两大碗面条，还五音不全地跟着电视唱歌。

晚上九点是最后一趟客车，老秦例行公事地走出值班室。候车厅里，稀落着七八个旅客。这时，老秦一眼就盯上了"吊眼梢"。那人的眉眼很特别，故作平静的眼神儿游移和躲闪着。老秦走到"吊眼梢"身边，"吊眼梢"故意低头抽烟。老秦知道，"吊眼梢"无疑是个贼，本想把他叫到值班室，不过，今天他的心情很好，再说，他没抓到"吊眼梢"犯罪的"现行"，盘问不出什么结果，还得放人。转了两圈，老秦就目送"吊眼梢"离开了车站。

"吊眼梢"消失了，老秦想起刚当警察那年抓过的一个扒手，那个家伙也长了一个"吊眼梢"，老秦跟踪他好几天，终于把他抓住了，把他送进了监狱。那人被抓时偷了二十五元钱、三十斤粮票。那个时候老秦没经验，现在不同了，他觉得他一眼就知道对方是什么货色。

就在那天下午，养殖场被一个贼血洗了，场主在反抗过程中被刺中了肺部，抬到医院不久就死了。几天后，老秦看到通缉令上的照片，他一眼就认了出来，是那个面孔稚嫩的"吊眼梢"。老秦叹了一口气，目光如冬日的天空一样混沌而阴郁。

修空调的他们

乔 叶

　　盛夏来临，天气预报里尽是橙色高温预警。其实即使预报红色也没什么，前提是只要有电且空调不坏。空调这东西一旦罢工，人在楼里尤其是在顶层，那种自我感觉恐怕会很接近于烤红薯。

　　这个坏了的空调和我这间老房子同龄，都已是十八岁。对于质量过硬的房子而言，十八岁不算大，对于一台空调呢？已然是老病垂危。据我有限的电器知识，是到了该报废的时候。可是再换新空调，还得一番折腾。而且，这老空调，既然已经用了十八年，再修修恐怕还能再坚持几年吧？

　　怀着这种执拗的怀旧的侥幸的心理，我就打了维修电话。三个小伙子很快来了，拎着一堆工具。按照皮肤的颜色我暗暗给他们起了三个名儿：小白，小黑和小灰。小灰看着最年轻，我问他，你有二十岁？他腼腆了一下，说二十了。又聊了几句就得知，他做这工作才两年，小黑和小白已经做了五年，他们这个小团队跟好多家空调公司都签了约，不是专门给哪家空调公司做，因此他们经手的空调格外多，维修经验也很丰富，一到夏天就忙得要死。

进了屋，他们查看空调，我给他们倒着水。小白接了一个电话，对着手机喊：抱歉不去！给六百也去不了！安排不过来呀，排不过来！然后对那两位说，还是那个十八层的，不能去。就他那态度，给再多钱也不去。小黑沉默了片刻，说，太高了，那搁外机的地方还那么光溜，连个落脚的地方都没有。我问，我这个呢？小黑顿时眉开眼笑地说，你这个好呀，你看你放外机的水泥板多厚实，这个好。

小灰留在屋里配合指令，小白和小黑上楼顶。我问他们有安全绳吗？他们俩都说有有有，放心吧。而且这楼层，没事儿。我还是跟着上到楼顶。他们找了个锚定的地方，小黑系好了安全绳，翻过墙围，慢慢降下去。我和小白在上面往下看。五楼楼顶，按每层三米来算，有十五米高，这距离，在平地上不觉得怎样，立起来看，可真是高呀。烈日暴晒，无遮无挡，汗如雨下。我没有恐高症，可是此刻，看着小黑小白在半空里忙活，不知怎的，也微微有些眩晕了。一瞬间，居然觉得待在空调坏了的五楼房间里也是一种享受。有点儿趔趄地回到房间，喝了两口茶，才缓过来。

小灰一直把半截身子探在窗外，和小黑小白他们讨论着情况，结论是启动器坏了，要换。外机也太脏，必须清洗。也没了氟利昂，要加。小灰说，您报修的时候应该就知道了吧？即使不修，至少也要付上门检查费二十。我说，知道知道，修修修。小灰便开始报价，这个多少，那个多少。我都说行行行。最后，小灰又顿了一下，似乎有些犹豫地说，还有高空作业费，六十块。我说行行行。小灰灿烂地笑起来，说那我上去跟他们说，随即便有点儿雀跃地奔了出去。

我接打了几个电话，不知道他们在楼顶说了些什么，只听他们笑声不断，似乎很开心。我这才觉出小灰那句"我上去跟他们说"那点儿意思来。不就是一句话嘛，把价格谈妥了，从窗口递上去不行吗？他为什么还要上去跟他们讲呢？表面的原因是不好意思当着我的面跟同伴们传递价格消息，深层的呢？是要和他俩小小地庆贺一下？再小小地邀一下功？也许，那个高空作业费，是他们多收的？这六十块分到他们每个人头上二十块，不过是一瓶啤酒的价钱，值得这么高兴吗？或许是我不讲价让他们痛快？有时候在街边买个水果小菜，我还会跟小贩们磨磨牙，但是，跟他们，我不想讲价——系着那么简陋的安全绳，慢慢地从楼顶降下去，这情形，每当想起来心里就觉得难受。

终于修完了，他们来到屋里，依次洗完手出来，我让他们喝茶，他们不喝。使劲儿递，才喝了两口。屋里很快有了凉意。我说我这空调是不是特别老了？见过比这更老的吗？小白很平静地说，你这个还可以。好空调就是搁得住用，我们修过好多空调，都跟我们年龄一样大了，稍微一修照样好好的。你这空调外机都八十多斤呢，现在的空调外机才六十多斤。

越重越好？

越重证明用的材料越实在。一斤面做三个馍和一斤面做五个馍，能一样？

他们脸上的汗仍然在流着，我给他们每人一块湿巾，他们擦完，还把湿巾叠得方方正正地捏在手里。又寒暄了一句，送他们出了门，老远还能听见他们在楼道里朗朗地笑。我又突然讪讪地想，也许，像我这么干脆利落的客户，他们会觉得是人傻钱多的那种吧？

嗯，那也没关系。我愿意，很愿意。

奇人大冯

苏 北

听说大冯现在养野鸭子，还发了点小财。他的野鸭子不是圈养，是放养。野鸭子飞在天上，大冯一叫唤，野鸭子便乖乖地回来了。大冯真是奇人。

我和大冯认识是在二十年前，那时我们同在一所乡村中学代课。我代语文，他代体育。我因有一间单间土房，大冯一个乡下来的代课的，无处可住，我邀他同住，于是我们成了朋友。

大冯那时喜欢打猎。他搬来之后，就把那支猎枪挂在对门的墙上，过一段时间取下擦拭擦拭。那时生活差，锅里没油水，于是我们就靠大冯这杆枪解决口福问题。有时打只兔子，有时打只野鸡，实在打不到什么就打两只麻雀下酒。大冯枪法之准，堪称奇迹。中国民间的"许海峰"真是很多的。我就亲眼见过大冯用一颗小石子砸死一只小麻雀。没亲眼见到的人一定以为我在说梦话。我曾和一位数学老师同大冯一道去打过野兔和野鸡。我们那个地方是丘陵，又靠近高邮湖，野货特别多。那是一个深秋的早晨，棉花已经成熟，山芋还没有起田。我们按照大冯的要求，从棉花地的两头往中间走，他叫"赶"。因为那时候的野鸡都躲在棉花地里找食。我们小心翼翼地在枝枝杈杈的棉花田中间走，刚接近中间，便有五六只野鸡"扑扑扑"地飞了起来。我第一次见到这么多的大鸟，激动坏了，赶紧催大冯"快打快打"。大冯举着猎枪，一副沉静的样子，说，不急，拣一只公的。这个时候还不赶紧打，真是的，还拣公拣母呢！说时迟那时快，大冯从容举枪，但听"砰"一声，果然，一只大鸟从空中"叭"地坠落。我赶紧追过去，这只鸟便落在我的怀里。

从此，我知道了大冯的神奇。

大冯左太阳穴有一红记，人有异相。古书上说人有异相必有异禀。朱元璋五岳朝天，汉高祖刘邦股有七十二黑痣，樊哙能生吃一整条猪腿，燕人张翼德能睁着眼睛睡觉。大冯枪法之准可谓方圆百里无第二人，然而高人也有失手之时。有一次同大冯去打野兔，在一个坝头，一只灰兔子被大冯发现，兔子也同时发现了大冯。兔子仿佛领教过大冯的厉害，拼命狂跑，大冯举枪紧追，那架势比活靶练习难得多。大冯精力高度集中，枪口紧紧随着灰兔奔腾起落，到了一个平坦处，大冯"砰"一枪，兔子并未摔倒，仍在奔跑。只听大冯喊道："打到了，打到了！"让我去撵。真如常语所说，别人指个兔子让你去撵。我不顾一切拼命撵上去，跑过大坝，跑过豆地，跑过山芋田……这似乎要把我跑死啊！最后跑到高邮湖边，那受伤的野兔再也不跑了，蹲在一株山芋下，喘得惊心动魄，身体不停地上下起伏，还夹杂着瑟瑟发抖，灰色的眼睛很是可怜。我一伸手时，一丝绝望滑过那灰色的眼睛。

我参加银行工作之后，离开了乡村中学，与大冯的联系也逐渐中断。前几年我回乡办事，有一次特地抽空到小镇去看他。近十年过去了，小镇依旧，那所乡村中学也依旧，只是多了围墙，院子里多了一排平房。我在别人指点下，找到大冯的家。三间土房子，门口有许多鸡在觅食。有两个孩子在门口玩耍。大冯见到我，先是一愣，很快认出我来，搓着两手在那儿傻乐。他依然很瘦，那耳前的红记似乎更红，脸部的皮肤紧紧包裹着略高的颧骨。我掏出烟，递过去。他赶紧回屋。找了半天，并无香烟，回来还是接了我的烟，依然在嘿嘿地笑。我忍不住了，说："你使劲笑个啥？"隔了十多年，他显然已不适应我们往日同住一室的亲密关系，仿佛我是哪方神圣。"你来了，我高兴呢！"

之后闲聊，我问他这几年是否民办转正式了，他苦笑着说，考不上，到哪里去转？我问他一个月拿多少钱。他说，一千多一点。我问，你两个孩子，老婆又没事可做，你怎么养活他们？他说，幸亏有个手艺——哦，打猎。"现在还有东西可打？"他笑笑说："现在砸鳖。"我一时不明白，只听说过钓鳖，没听说过砸鳖。他显然明白我的心思。说到他的特长，也触到了他的兴奋处，他索性回屋找出鳖枪来给我示范。他在十米外的地方放一物，人站得远远的，手拿着一个拴着长线的有四五只钩子的铁砣，站稳，屏气宁神，目视远方。手中铁砣轻轻一晃，一发力，"嗖——"铁砣直奔出去，又一提劲，便钓牢那物。示范完，他说："秋天，塘里的老鳖喜欢浮上水面晒阳。"哪个塘有鳖哪个塘无鳖，他看看水色，观观动静，便能知晓个七八分。他说好的时候，一个月砸鳖五六只，自己家里是无论如何舍不得吃的，统统拿上县集市里去卖。一只鳖好几十，靠这也能补贴不少家用的。

之后又多年不见大冯。不久前一位老乡来，说到大冯现在富了，成为当地有名的养野鸭专业户。老乡说，大冯奇了，他养的野鸭子不仅会飞，还能听懂他说话，飞得好好的叫它下来它就下来。老乡还说，县报还登载了大冯养野鸭的事迹呢。其中说，有一回刮大风，大冯的野鸭子少了几只。家里人很着急。大冯说，可能是风大野鸭顶着风回不来，我去找。大冯便划一只小船往高邮湖的荡子找，边找边迎着风叫唤："哟哦哟哦哟……"不一会儿，就听荡子里有老鸭的叫声："呱呱呱……"他便将小船迎着声音轻轻划过去。乖乖，就见在一丛芦苇旁，老鸭护住小鸭像大人护住小孩一样。

大冯又小声叫唤："哟哟哟……"

老鸭点着头，轻声叫着："呱呱呱，呱呱呱……"

"亲热得不得了。"大冯在报上说，"它们也晓得，得救了。主人来了。"

水井在前院

林斤澜

水井在前院，厨房在后院。

叔公和大媛用一个大木桶、一条扁担，把水抬到厨房水缸里，这是日常的工作。叔公虽是老人，抬着水腰板还是挺直着。前院后院住着本家五六房人家，叔公帮大媛家做做粗活，一月也拿点"零用"——不叫做工钱。大媛从小上学，年年升级，到了中学毕业，却闲住家里快一年了。若到外地上大学，眼前的家境，母亲算来算去"培植"不起。若在本地求职业，一个中学生没有专长，有专长的也还要有门路。母亲想着这个世道真叫艰难呀，不上不下的人家更不知道是艰难还是尴尬。

新近有个机会，工商局招考实习生。大家都说是金饭碗，只怕百里挑一都不会，要千里挑一了。母亲叫大媛关起门来准备考试，家事墙塌了也不管。

一条扁担，叔公在前大媛在后。大媛才十八九岁，身体正当发育，扁担一上肩，轻松叫道："快走。"

"放下放下……"

母亲赶过来了，挥手叫大媛走开，眼看大媛进了屋里，才抬起扁担搭在自己肩头。叔公疑疑心心走慢步、走小步，走不忍走……

母亲虽才五十，早已发福肥胖。半生操持不上不下人家，用心多，用力少。粗重的抬抬挑挑，从小没有做过。一是用不着做，再是讲究面子避免做。

叔公个头不算高，却比母亲高一头。那大木桶的分量，多半压到母亲肩上了。母亲在家常穿旧旗袍，开衩只开到小腿。一双"放大脚"——缠过放开，只可"外八字"。衣衫和脚骨都走不开抬重担的步子，全靠扭动身体帮一把，又一身肥肉，顶多绷紧扭也扭不成样子。

才几步，叔公叫放下，本当说大媛半点也累不着，看看母亲脸色，只要母亲在前他随后，好把木桶上的绳子撸到自己胸前，伸手抓住绳子不叫滑回去。母亲稍微轻松一点了，她早准备好一个笑容挂到脸上，一路遇见本家三姑六婆四姨七嫂，才听见一声啊呀哟的，不管人家说什么，就自笑自话：

"好走好走……"

"不重不重……"

"一回生两回熟……"

前院和后院中间，有一条尺高门槛，平时母亲走到这里，总要斜过身体，让旗袍开衩口朝前，正好把"放大脚"横着过去。这回抬着桶，门槛竟是关口，肥肉紧绷更加紧绷，要斜身像扭，要扭身像斜，"放大脚"一横还没有落地，就往前踉跄，大木桶磕着门槛，叔公赶紧一蹲，桶才平安落下，母亲脸上的笑容也落下来了。叔公说：

"下回找两个小桶，我来挑。"

母亲觉得前后左右都有眼睛如电光射过来扫过来，赶紧拾起笑容再挂到脸上，伸手去够桶把儿，像要提它过关。叔公已经两手一抱，不过叔公也老了，佝着腿，像挪坛子似的左摆右晃挪进厨房。

母亲坐到屋里休息，一放松，汗水通身钻了出来。大媛悄悄走到母亲身边，拿一把蒲扇轻轻扇着。母亲喘着，话不成句：

"你去……你去……功课……功课……"

"妈妈，让我抬抬水，也好歇一歇，好比磨一磨用钝了的脑筋，磨刀不误砍柴工。"

"不怕……一万，只怕……万一……"

"万一要查肩膀头？妈妈，你听了闲话了吧？那是前清考功名，查手掌心查肩膀头，挑担的抬轿的都不要……"

"有个疤……也要……挑出来……"

"妈妈，那是考空军，怕飞到高空旧疤裂开来。妈妈，只怕你自己也说不清，怕的是什么……"

"怕，怕，怕……"

"怕考不上，说不出口，怕不好听。"

"怕，怕，怕……"

"怕万一。前清的一句废话，也成了万分之一，你就拼老命，去抬水。"

"你还小，不知道当妈的……"

"我知道，这就叫母亲！"

认命的人

叶兆言

　　一天下午，我正坐在窗前看书，突然有人轻轻敲我的玻璃窗。一个憨厚的乡下人，拿着一个硕大的搪瓷杯，笑容可掬地站在窗外向我讨水喝。讨了水之后，他猛喝一气，喝够了，又让我把杯子加满水，晃悠悠地端去给他的家人喝。这时候，我才发现，窗外一株小树边，歇着一辆板车，板车上有个看上去很文静的女人，还有两个孩子。大的那个不过五六岁，捧着搪瓷杯喝了几口，接下来是女人喝，女人喝了几口，又喂怀中那个小的，小的似乎不渴，不肯喝，于是女人自己又喝。那男人知道我正望着他们，回过头来，冲着我笑，我们开始攀谈起来。

　　他们是出来逃荒讨饭的，那个看上去很文静漂亮的女人，有点精神病。订婚时，媒人做了手脚，他并不知道要娶的女人有病，结了婚才发现，已经晚了，结果只能将错就错。好在女人也不是一直病，好的时候多，不过人迟钝了一些，不懂得照顾自己。看得出那男人对女人是真的好，他和我说话的时候，屡屡回过头去注视自己的妻子，目光中充满了爱怜，那是一种毫无掩饰的爱怜。

　　那个女人平静地坐在那里，经过他的提醒，我看出她的确有些不正常。她看上去就像是个大孩子。她怀里的小孩，突然撩开她的衣服，捧住硕大的乳房吃奶，奶汁从小孩子的嘴角边溢出来。

　　那男人平静地告诉我，家里实在过不下去，把能卖的都卖了，出来闯闯。我感到惊奇的是，男人说这话时的表情，没有悲伤，没有沮丧，也没有抱怨，就像是在谈一件再平常不过的家事。一个人都到了讨饭的地步，竟然还能保持这样的自信，竟然还能这么从容。他说"出来闯闯"的口吻，就像那些想赚大钱的人准备下海一样。那女人真是个傻女人，怀中的小孩吃完奶以后，连自己的衣服都不知道放下来。男人和我说着话，转过身去，走到女人面前，替她把衣服拉好，又细声细气地问她要不要喝水，然后重新回来和我继续聊天。我们始终隔着一扇窗说话，说了很长时间。也许平时很少有人愿意听那男人唠叨，他说得很开心，很投入。

　　那男人终于推着板车远去了。我的眼前，有意无意地会重现这场景。我难以忘怀的是那男人并没有被世人眼里的不幸所击倒，他没有逃避。如果换一个人，很可能会逃避。一个精神失常的女人，加上两个不懂事的小孩，意味着这个人终身将与幸福无缘。那男人缺乏起码的理智，心甘情愿地背着沉重包袱，不是因为思想品德高尚，而是因为无可奈何。他想不出什么高招来，不知道把妻子送进精神病医院，也不知道避孕以及堕胎。他顺应自然，听天由命。认命的他却没有像我们一样迷失自己。

摆渡

凝固的微笑

苏叔阳

　　一早他就从床上爬起来，蹒跚着走进浴室，细细地洗了脸，修了面，又涂了发乳，把那已经稀疏的头发，梳得规规矩矩。他脱下病号服，穿上一件洁白的衬衣。挺括的领子、袖口，透出一股高贵气。他系上一条暗格子的蓝领带，穿上那套极合身的灰西装，又对着镜子拔去鬓角的一根白发。镜子里映出一位蛮有风度的半大老头儿。

　　他轻轻叹口气，或许感喟自己韶华已过，或许对经过整饬的自己还算满意。不管怎么说，这身行头让他比病鬼强得多。

　　护士来了，脸上显得格外庄严。她看看他，满意地点点头，挽起他的胳膊，把他扶到轮椅上。

　　轮椅在病房寂静的走廊里无声地滚动。他们都不说话，都在想心事，都在琢磨该怎么开始马上就要到来的会面。

　　轮椅从电梯里降到一楼，又沿着走道滑到一间小小的病房门口停住。

　　他猛地站起来，推开护士的手，竭力让抖颤的双腿站稳。停了一会儿，深呼吸一下，接着像一个健康人一样挺着胸，迈开腿，推门走进去，把一脸讨人喜欢的带点儿狡黠的笑扔向病床。

病床上躺着一个头发快要脱光的十三四岁的小女孩儿，她的鼻孔里插着氧气管，手背上插着输液针头，闭着眼静静地待着。她的母亲悲戚地坐在床边望着她。

母亲看见他，急忙站起来，轻轻地惊叫一声："您？是您……"又忙回身对女儿轻声说："丹丹，丹丹，看，谁来了？"

小女孩儿睁开眼睛，有点儿散神的目光，忽地聚拢起来，脸上陡地浮上惊喜，喃喃着："真……真的是您？"说着，吃力地抬起那只没有插着针头的手。

他努力向前迈一步，笑着坐在她的床边，抓住那只惨白瘦削的手，那手抖动着向上伸。"让……让我摸摸您的脸。"小姑娘喃喃着。

他弯下腰，把脸贴在小姑娘的手上，尽力地笑着。

"我……我看……看过您演的所有的电影。"小姑娘说。

"那你比我还好。我自己都没全看过。"他笑着说，那笑挺迷人。

"您……能抱抱我吗？"小姑娘说。

他弯着腰像抱起一个婴儿一样，双手轻轻揽住小女孩儿的腰背，小女孩儿紧紧揽住他的脖子，在他耳边轻声说："我病好了，给……给您唱歌儿，大家都爱听我唱。"

"嗯嗯。"他笑着，"你一定唱得极好。"

"噢！"小女孩儿发出一声快乐的轻呼，说，"我……今天……真幸福……"她笑了，那笑容灿烂极了。

15分钟后，小女孩儿身上所有的管子都被拔下，一块洁白的被单罩住她，连头带脚。只有那只惨白的小手，还抓在他手里，贴在他脸上。

两串滚烫的泪从他眼角流下。他眼上凝固着依旧迷人的笑……

活着的手艺

王 往

他是一个木匠。

是木匠里的天才。

很小的时候，他便对木工活儿感兴趣。曾经，他用一把小小的凿子把一段丑陋不堪的木头掏成了一个精致的木碗。他就用这个木碗吃饭。

他会对着一棵树说，这棵树能打一个衣柜、一张桌子。桌面要多大，腿要多高，他都说了尺寸。过了一年，树的主人真的要用到这棵树了，说要打一个衣柜、一张桌子。他就站起来说，那是我去年说的，今年这棵树打了衣柜桌子，还够打两把椅子。结果，这棵树真的打了一个衣柜、一张桌子，还有两把椅子，木料不多不少。他的眼力就这样厉害。

长大了，他就学了木匠。他的手艺很快就超过了师傅。他锯木头，从来不用弹线，木工必用的墨斗，他没有。他加的榫子，就是不用油漆，你也看不出痕迹。他的雕刻才真正显出他木匠的天才。他雕的蝴蝶、鲤鱼，让那要出嫁的女孩看得目不转睛，真害怕那蝴蝶飞了，那鲤鱼游走了。他的雕刻能将木料上的瑕疵变为点睛之笔。一道裂纹让他修饰为鲤鱼划出的水波或是蝴蝶的触须，一个节疤让他修饰为蝴蝶翅膀上的斑纹或是鲤鱼的眼睛。树死了，木匠又让它以另一种形式活了。

做家具的人家，以请到他为荣。主人看着他背着工具朝着自家走来，就会对着木料说："他来了，他来了！"

是的，他来了，死去的树木就活了。

我在老家的时候，有段时间，常爱看他做木工活儿。他快速起落的斧子砍掉那些无用的枝杈，直击那厚实坚硬的树皮，他的锯子自由而不屈地穿梭，木屑纷落；他的刻刀细致而委婉地游移……他给爱好写作的我以启示：我的语言要像他的斧子，越过浮华和滞涩，直击那"木头"的要害；我要细致而完美地再现我想象的艺术境界……多年努力，我未臻此境。

但是，这个木匠，他，在我们村里的人缘并不好。村里人叫他懒木匠。

他是懒，除了花钱请他做家具他二话不说外，请他做一些小活儿，他不干。比如打个小凳子，打扇猪圈门，装个铁锹柄……他都回答，没空儿。

村里的木匠很多，别的木匠好说话，一支烟，一杯茶，叫做什么做什么。

有一年，我从郑州回去，恰逢大雨，家里的厕所满了，我要把粪水浇到菜地去。找粪舀，粪舀的柄坏了，我刚好看见了他，递上一支烟，你忙不忙？他说，不忙。我说，帮我安个粪舀柄。他说，这个……你自己安，我还有事儿。他烟没点上就走了。我有些生气。

村里另一个木匠过来了，说："你请他？请不动的。没听人说，他是懒木匠？我来帮你安上。"这个木匠边给我安着粪舀柄子，边说走了的木匠："他呀，活该受穷，这些年打工没挣到什么钱，你知道为什么？现在工地上的支架、模具都是铁的，窗子是铝合金的，木匠做的都是这些事，动斧头锯子的少了。他转了几家工地，说，我又不是铁匠，我干不了。他去路边等活儿干，等人家找他做木匠活儿，有时一两天也没人找。"

我说："这人，怪。"

我很少回老家，去年，在广州，有一天，竟想起这个木匠来了。

那天，我躺在床上，想着自己的事，一些声音在我耳边聒噪："你给我们写纪实吧，千字千元，找个新闻，编点故事就行。""我们杂志才办，你编个读者来信吧，说几句好话，抛砖引玉嘛。"……

我什么也没写，一个也没答应。我知道我得罪了人，也亏待了自己的钱包。我想着这些烦人的事，就想起了木匠。他那样一个天赋极高的木匠，怎么愿意给人打猪圈门，安粪舀柄？职业要有职业的尊严。他不懒。他只是孤独。

去年春节我回去，听人说木匠挣大钱了，两年间就把小瓦房变成了两层小楼。我想，他可能改行了。我碰见他时，他正盯着一棵大槐树，目光痴迷。我恭敬地递给他一支烟。

我问他："在哪儿打工？"

他说："在上海，一家仿古家具店，老板对我不错，一个月开 5000 元呢。"

我说："好啊，这个适合你！"

他笑笑说："别的不想做。"

摆　渡

高晓声

有四个人走到了渡口，要到彼岸去。

这四个人：一个是有钱的，一个是大力士，一个是有权的，一个是作家。他们都要求渡河。

摆渡人说："你们每一个人，都要把自己最宝贵的东西分一点给我，我就摆。谁不给，我就不摆。"

有钱人给了点钱，上了船。

大力士举举拳头说："你吃得消这个吗？"也上了船。

有权的人说："你摆我过河以后，就别干这苦活了，跟我去做一点干净省力的事儿吧。"摆渡人听了高兴，扶他上了船。

最后轮到作家开口了。作家说："我最宝贵的，就是写作。不过一时也写不出来。我唱支歌儿你听听吧。"

摆渡人说："歌儿我也会唱，谁要听你的！你如实在没有什么，唱一支也可以。唱得好，就让你过去。"

作家就唱了一支歌。

摆渡人听了，摇摇头说："你唱的算什么，还没有他（指有权的）说得好听。"说罢，不让作家上船，篙子一点，船就离了岸。这时暮色已浓，作家又冷又饿，想着对岸家中，妻儿还在等他回去想办法买米烧夜饭吃，他一阵心酸，不禁仰天叹道："我平生没有作过孽，为什么就没有路走了呢？"

摆渡人一听，又把船靠岸，说："你这一声叹，比刚才唱得好听，你把你最宝贵的东西——真情实意分给了我。请上船吧！"

作家过了河，心里哈哈笑。他觉得摆渡人说得真好，作家没有真情实意，是应该无路可走的。

到了第二天，作家想起摆渡人已跟那有权的走掉，没有人摆渡了，那怎么行呢？于是他就自动去做摆渡人，从此改了行。

作家摆渡，不受惑于财富，不屈从于权力；他以真情实意飨渡客，并愿渡客以真情实意报之。

过了一阵以后，作家又觉得自己并未改行，原来创作同摆渡一样，目的都是把人渡到前面的彼岸去。

身后的眼睛

曾　平

那是一头野猪。

皎洁的月光洒在波澜起伏的苞谷林上，也洒在对熟透的苞谷棒子垂涎欲滴的野猪身上。

孩子的眼睛睁得圆圆的，野猪的眼睛也睁得圆圆的，孩子和野猪对视着。

孩子的身后是一个临时搭建的窝棚，那是前几天他的父亲忙碌了一个下午的结果。窝棚的四周，是茂密的苞谷林，山风一吹，哗啦哗啦地响个不停。

孩子把手中的木棒攥得水淋淋的，这是他目前唯一的武器和依靠。孩子的牙死死地咬紧，他怕自己一泄气，野猪乘势占了他的便宜。他是向父亲保证了的，他说他会比父亲看护得更好。父亲回家吃晚饭去了。孩子是吃了饭之后主动向妈妈提出来换父亲的。

野猪的肚子已经多次轰隆隆地响个不停。野猪眼露凶光，呲开满嘴獠牙，向前一连迈出了三大步。

孩子已经能嗅到野猪扑面而来的臊气。

孩子完全可以放开喉咙喊他的父亲母亲——家就在不远的

山坡下，但孩子没有。孩子握着棒，勇敢地向野猪冲上去。尽管只有一小步，但已经让野猪吃惊不已。野猪没有料到孩子居然敢向它反击，嗷嗷嗷地叫个不停。野猪的头猛地一缩，它准备拼着全身的力气和重量冲向孩子。

在窝棚的一个角落，一个汉子举起了猎枪。正在他准备扣动扳机的时候，一双手拦住了汉子。

汉子是孩子的父亲，拦住孩子父亲的是孩子的母亲。

孩子的母亲一边拦住孩子的父亲，一边悄悄地对孩子的父亲说："我们只需要一双眼睛！"

汉子只好收回那双蓄势待发的手。

孩子的父亲和母亲，眼睛全盯在孩子和野猪身上。月光洒在孩子父亲母亲紧张的脸上，他们的担心暴露无遗。孩子的父亲和母亲已经躲在窝棚的角落有些时候了。

孩子没有退缩，也没有呼喊。他死死地咬紧牙，举起木棒严阵以待。

野猪和孩子对视着。

野猪恨不得吞了孩子。

孩子恨不得将手中的木棒插进野猪呲满獠牙的嘴。

野猪喘着呼噜呼噜的粗气。

听得见孩子的心咚咚地跳动。

月光照在孩子的脸上，青幽幽的。一粒粒的细汗，从孩子的额头缓缓地沁出。

野猪的身子立了起来。

孩子的木棒举过了头顶。

他们都在积蓄力量。

突然，野猪扭转头，一溜烟地，跑了。

孩子长长地吐了一口气，他一屁股瘫在了地上。

孩子的父亲母亲长长地吐了一口气，走了过来。父亲激动地说："儿子，你一个人打跑了一头野猪！"父亲的脸上全是得意。

孩子看见父亲母亲从窝棚里走出来，突然扑向母亲的怀抱，号啕大哭。孩子不依不饶，小拳头擂在母亲的胸上，说："你们为什么不帮我打野猪？"一点儿也没有先前的勇敢和顽强。

孩子的母亲抱起孩子，重复着孩子父亲的话，说："儿子，你一个人打跑了野猪！"母亲的脸上全是赞扬。

孩子继续不依不饶，哭着说："你们为什么不帮我打野猪？"

母亲一本正经地说："我们帮了啊！我和你父亲用眼睛在帮你！"

孩子似懂非懂。他仔细地看了又看父亲母亲的眼睛，父亲母亲的眼睛和平时一模一样，怎么帮自己的啊？

那孩子就是我，那年我七岁。

永远的门

邵宝健

江南古镇。普通的有一口古井的小杂院。院里住了八九户普通人家。一式古老的平屋，格局多年未变，可房内的现代化摆设是愈来愈见多了。

这八九户人家中，有两户的常住人口各为一人。单身汉郑若奎和老姑娘潘雪娥。

郑若奎就住在潘雪娥隔壁。

"你早。"他向她致意。

"出去啊？"她回话，擦身而过，脚步并不为之放慢。

多少次了，只要有人有幸看到他和她在院子里相遇，听到的就是这么几句。这种简单的缺乏温情的重复，真使邻居们泄气。

潘雪娥大概过了四十了吧。苗条得有点单薄的身材，瓜子脸，肤色白皙，五官端庄。衣饰素雅又不失时髦。风韵犹存。她在西街那家出售鲜花的商店工作。邻居们不清楚，这位端丽的女人为什么要独居，只知道她有权利得到爱情却确确实实没有结过婚。

郑若奎在五年前步潘雪娥之后，迁居于此，他是一家电影院的美工，据说是一个缺乏天才的工作负责而又拘谨的画师。四十五六的人，倒像个老头儿了。头发黄焦焦、乱蓬蓬的，可想而知，梳理次数极少。背有点驼了。瘦削的脸庞，瘦削的肩胛，瘦削的手。只是那双大大的眼睛，总烁着年轻的光，烁着他的渴望。

他回家的时候，常常带回来一束鲜花，玫瑰、蔷薇、海棠、腊梅，应有尽有，四季不断。

他总是把鲜花插在一只蓝得透明的高脚花瓶里。

他没有串门的习惯。下班回家后，便久久地耽在屋内，有时他也到井边，洗衣服，洗碗，洗那只透明的蓝色高脚花瓶。洗罢花瓶，他总是斟上明净的井水，噘着嘴，极小心地捧回到屋子里。

一道厚厚的墙把他和潘雪娥的卧室隔开。

一只陈旧的一人高的花竹书架贴紧墙壁置在床旁。这只书架的右上端，便是这只花瓶永久性的位置。

除此以外，室内或是悬挂、或是傍靠着一些中国的、外国的、别人的和他自己的画作。

从家具的布局和蒙受灰尘的程度可以看得出，这屋里缺少女人，缺少只有女人才能制造得出的那种温馨的气息。

可是，那只花瓶总是被主人擦拭得一尘不染，瓶里的水总是清清冽冽，瓶上的花总是鲜艳的、盛开着的。

同院的邻居们，曾经那么热切地盼望着，他捧回来的鲜花，能够有一天在他的隔壁——潘雪娥的房里出现。当然，这个奇迹就从来没有出现过。

于是，人们自然对郑若奎产生深深的遗憾和绵绵的同情。

秋季的一个雨蒙蒙的清晨。

郑若奎撑着伞依旧向她致意："你早。"

潘雪娥撑着伞依旧回答他："出去啊？"

傍晚，雨止了，她下班回来了，却不见他回家来。

即刻有消息传来：郑若奎在单位的工作室作画时，心脏跳动异常，猝然倒地，刚送进医院，就永远地睡去了。

这普通的院子里就有了哭泣。

那位潘雪娥没有哭，但眼睛委实是红红的。

花圈。一只又一只。那只大大的、缀满各式鲜花的、没有挽联的花圈，是她献给他的。

这个普通的院子里，一下子少了一个普通的、生活里没有爱情的单身汉，真是莫大的缺憾。

没几天，潘雪娥搬走了，走得匆忙又突然。

人们在整理画师的遗物的时候，不得不表示惊讶了。他的屋子里尽管灰蒙蒙的，但花瓶却像不久前被人擦拭过似的，明晃晃，蓝晶晶，并且，那瓶里的一束白菊花，没有枯萎。

当搬开那只老式竹书架的时候，在场者的眼睛都瞪圆了。

门！墙上分明有一扇紫红色的精巧的门，门拉手是黄铜的。

人们的心悬了起来又沉了下去。——原来如此！

邻居们闹闹嚷嚷起来。几天前对这位单身汉的哀情和敬意，顿时化为乌有，变成了一种不能言状的甚至不能言明的愤懑。

不过，当有人伸手想去拉开这扇门的时候，哇地喊出声来——黄铜拉手是平面的，门和门框平滑如壁。

一扇画在墙上的门！

心　劲

郑彦英

　　我母亲的坐功是一般人无法比的。我小的时候，见到母亲最多的状态就是盘着腿坐着做活，而且大都是在我家的土炕上，扎花绣花，裁剪缝补，而更多的是纺织。我童年的催眠曲，大都是母亲摇动纺车的纺线声。所以母亲到了老年，腰板依然很直，走路也很快。她住在五楼，每每和我一起上楼，她上楼的速度比我还快。小区的老人大都很羡慕母亲的健康，特别是她笔直的腰板，问她啥原因，她想了很久说，可能是盘腿坐着做活的原因。大家就问她怎么盘腿，她只好现场示范。老人们这才知道，她盘的是最难盘的一种：双盘。以双盘姿势坐着做活，腰自然是直的；一辈子都这样坐着，自然养好了颈椎腰椎。

　　每年一过小满，母亲精神就特别好，这种旺盛的精力一直会持续到霜降。去年过了芒种，她下楼到报箱拿报纸，她性子急，离报箱还有三级台阶，她就伸手去拿了，却没有注意脚下，一下子迈过了三级台阶，整个身子猛然踉跄了一下，她立即觉得腰疼，赶紧坐在了台阶上，并用手机给我弟弟打了电话。我弟弟从五楼飞奔下来的时候，她说，没啥事，你扶着我到院子转转就好了。弟弟听话，扶着她走了两圈，她依然觉得腰部疼痛难忍，这才给我打了电话。

我立即开车过去，拉着母亲到了医院。拍了片子，断定为腰部两节椎骨压缩性骨折。

这医院有几个专家和我是好朋友，他们看了片子后，提出两种治疗方案：一是仰躺七十天，骨头自然会恢复到以前位置，但是绝不能下床，不到万不得已，不要翻身。第二种就是在两节被压缩的脊椎处，微创注入"骨水泥"，在病床上静卧一到两天就可以下床。我问哪一种好些，专家朋友说各有利弊。第一种虽然不用做手术，但是人要在床上仰躺七十天，是很难受的。第二种虽然好得快，但"骨水泥"毕竟不是自己生长的骨头，而且"骨水泥"结实，老人的骨头已经疏松，再遇跌摔，结合处容易断开。

我说："'骨水泥'再好，也没有我母亲自己长起来的骨头好。"母亲说："对着呢。"

但我们没有想到，真正躺下来，劳动了一辈子的她根本不能适应，生活也遇到一系列问题。好在我的兄弟姐妹多，大家轮流侍候，让母亲在床上安卧了七十天。

母亲日夜盼着下床那一天，终于盼到了，但是真正下床时，母亲的两条腿却站立不住。好在主治大夫提前已经给我预警。在母亲下床时，由他现场指导，他让我们扶着母亲走了几步后，赶紧让母亲再回到床上躺着。母亲问大夫：我的腿又没受伤，咋就不能走呢？大夫说："人是动物，不单是腿，身上的所有器官，都是在动的状态下活跃着，静下来这么长时间，它们就渐渐退化了。要慢慢恢复，要有心劲。"

母亲说："有这一群儿孙，能没心劲吗？"从此，母亲每天坚持练习。大概过了一个月，母亲已经能扶着楼梯下楼了。

现在已经过去了一年时间，母亲上下楼梯和走路已经没有什么问题，腰也不疼了，但是母亲自己感到身体大不如受伤以前。那一天我陪母亲散步，母亲说："眼看都芒种了，我身上的劲儿咋还没来呢？天都热了，我还不敢脱衬裤，那天试着脱了一会儿，清鼻涕就下来了。还有头，稍一累，就发蒙。"这给我震动很大。往年到了这时候，母亲已经铺凉席了，现在却连衬裤都不敢脱！"我看这身子给躺瞎了。"母亲说，"人活的就是个精气神，这一躺，就剩下个空壳身子。连四季都接不住了，还活个啥劲儿呢？"

在那些饥饿的年月，母亲日渐消瘦，也没有如此悲哀过，如今儿女大都有了成就，母亲却对日子如此气馁。我很心酸，只能给母亲不断地说只要走两步就能抓到希望，期盼她的身体能恢复到一年前的状态。母亲开始相信，后来不信了，说："我看这人，也不能活太大年纪。"

这话吓了我一跳，我说："现在的百岁老人多啦，你才八十一岁，我还要在你九十九那年给你过百岁生日呢！"

母亲笑笑，没有吭声。

我就给那位主治大夫打电话，问他母亲能不能恢复到以前的样子，大夫说："只要每天坚持锻炼，再有一年，就能恢复。"

母亲听到了电话里的声音，说："这是给我鼓劲儿呢。咋可能跟去年一样呢？日头已经到西边了，一动弹，只能往下挪。"

但是从这一天开始，母亲每天上午坚持在小区花园走一千步，下午再走一千步。昨天下午，我陪母亲一起走，走到一千步的时候，母亲额头已经汗津津的了，我们就坐到花园的石凳上歇脚。

我叹口气说："要是去年给你打'骨水泥'，可能不会伤母亲说："人没有前后眼。"想想又说，"乡里干活的马，一辈子都动着，连睡觉都是立着。只要卧下来，离死就不远了。"说着，站了起来，"回家，我给你做菜面吃。"

我已经很长时间不让母亲做菜面了，害怕累着她，但是今天我没有拦她，我对母亲说："走，你做面，我砸蒜。"

手　谈

刘　军

复城人都尊敬教书的梁先生。

梁先生是独身，很瘦，说话很文，学问很深，为人也热心，谁家操办红白喜事，编婚联写祭文，有求必应。

日本人复城屯兵后，梁先生便不教书。

久后的一日，梁文启带着两个日本兵登门。梁文启是宪补，进出日军宪兵队司令部如履平川，与胞兄梁先生却形同路人。

两个日本人一高一矮，高的年长，矮的年轻。

梁先生既不起身迎客，也没有拒客之意。他冲来人点点头，端坐那里，认真地把棋子捏得唰啦啦脆响。

年长的日本人自选座位坐下，似自语般咕噜了几句。梁文启便说，大哥，对你的不合作，川琦太君大大的不满意。其实，梁文启心知不必翻译，胞兄的日语底子并不比他差，翻译出来是表示强调。梁先生淡淡扫了一眼梁文启，仍用心捏弄棋子，说，你转告大太君，我难以胜任，何况身体欠佳。

梁文启大为不悦，正要如实回禀，却见年长的日本人身体前倾，双目发直，惊异无比地瞪着梁先生手中的棋子，连称"腰西"后，问，你的，我的，手谈的干活？

梁先生不料对方竟有些汉语根底，又对下围棋产生兴趣，便说，手谈？可以，这我倒可以奉陪。拿出棋盘，将盛着黑棋子的方盒推到对方面前。你先手吧。日本人口称你的先你的先，却唇浮笑意将一枚黑棋子啪地点在左下方星小目上。梁先生也在另一星小目上应了一手。俩人你一手我一手落子如飞。两个不同国籍的看客没看出啥兴致，又不敢挪步，只将目光闲撒。

下到一百三十几手，当梁先生犹豫片刻将一枚白棋子点在棋盘外自己一侧时，一直神情紧张的日本人变得异常轻松起来，面呈笑意看着梁先生。梁先生面色无改，说，这棋你赢了。

日本人很高兴，站起，将几枚棋子捏在手里翻来覆去抚摸了好一会儿，说，明天，手谈的干活？

梁先生说，好，手谈的干活，反正闲着也是闲着。

转天，年长的日本人只身如约而至。手谈三盘，梁先生二胜一负，正好找回昨天那盘。日本人神情板滞。临走，说，明天。梁先生应，明天。行前，日本人又爱不释手地把玩了一会儿棋子。

由此，一连五天，连弈12盘，胜负平分。

最后一次，是个阴雨天。日本人严肃得判若两人，落座后，打着手势说，你的，我的，最后的手谈。

梁先生不解，不知这"最后的手谈"含义何在，又不愿深究。点头说可以。心想这日本人棋风还正，棋力也行，在日本人个三段四段怕是不成问题的。

尚未落子，日本人又指点着手中的棋子说，我的赢你，棋子归我。语气是肯定式，而眼神却是询问式。

梁先生有种受了污辱的感觉。这棋是祖上留下的爱物，到他这儿已传了三代。这不啻是梁家的传家之宝。看上眼的便要据为己有，这与强盗何异？转念一想，邻国的土地都可强取，区区棋子又算得了什么？他毕竟没有明夺，也算颇有涵养了吧？梁先生扫了一眼仍在固执地等待回答的眼神，想了想，说，可以。不过我赢了你，什么归我呢？

大约这是不在日本人大脑储存仓库之内的问题，略一怔，僵住了。梁先生打量了一番对方，眉头紧蹙片刻，以平静的口吻压抑着狂跳的心脏，说了一个令双方都胆寒不已的字眼儿：军刀！

梁先生清楚地看出，日本人身姿挺直，两眼大瞪，伸手握住刀把刷地抽出刀来。一瞬间，梁先生有点后悔。这何必呢？就算赢了他棋还指望赢他军刀？但很快平静如常。梁先生自知羸弱不堪，手无缚鸡之力，但决不缺钙质。以传家之宝抵日本武士之魂，也算基本持平。日本人倘耍野蛮，他将以手迎刃。

日本人在细细验过军刀之后，重又把刀插进刀鞘，回了句令梁先生在三分钟之内无论如何反应不及的短话：好的。

仍由日本人先手。

接下来是场杀得昏天黑地长达五个小时之久的恶战。

梁先生早已腹中空空，屡屡觉颅重似锤，魂已飞逝，只躯壳在苦苦支撑。几着不慎，累及全局，优势在对方，这是显而易见的。

幻觉中，日本人正得意地将棋子一只只捡进方盒，捧起，走出屋门。梁先生痛彻肺腑地喝一声，留下棋子！一惊，却看到日本人脸色灰暗眼睛发红，正坐在对首专心盯着盘面。

梁先生狠掐大腿。不及终盘，何以言输？也许围棋的奥妙就在于此。

梁先生重整旗鼓，细细察看盘面错综复杂的局势。弈至154手，当梁先生将一枚洁净如玉的白棋子轻轻摁下时，日本人中盘一条大龙顿成僵虫。

　　梁先生始觉魂兮归来。呼口长气，体虚力乏地斜倚在靠背上。

　　日本人两眼标本似的一动不动，身体保持前倾的固定姿势良久良久。

　　两人都不出声。梁先生屏住呼吸，竟听不见对方的喘息声。

　　屋子暗了。人笼在黑暗里，没一丝活气。

　　梁先生轻手蹑脚点上油灯。忽闪忽闪的灯光将日本人摇活。

　　日本人飘飘忽忽站起，没打招呼，鬼魂般荡至屋外。落着小雨的黑夜把他瘦长的身影愈罩愈小，直至完全淹没。

　　梁先生把门关好，细心收拾好棋子，藏于墙洞。

　　总算不辱祖先。于沉重中，梁先生觉出些许慰藉。

　　三天后，一件奇事闹得满城风雨。不少人为此受到牵连。

　　一名叫川琦的日本军官不知缘何死于寓所。

　　夜深，梁先生取出棋子，一只只细细观看，觉得里面似有许多奥秘难以理喻。

　　他神色黯然地独坐了好久好久。

登山冠军

肖克凡

他累极了。缩身坐在从中天门前往南天门的半路上。这是泰山石阶路，一阶阶通往山顶。山顶就是人们为之向往的极顶。

他一路领先，率先到达这里歇脚。大汗淋漓、腰酸、腿胀、心跳加速……在山下他跟同学们说了大话，一定要第一个到达极顶。会当凌绝顶，一览众山小嘛。

抬头向上望去，南天门不远了。也不太近。十八盘啊十八盘。他回头朝着山下望去，同学们被远远甩在后面，不见人影。

毕竟是遥遥领先啊。他得意起来，开始注意下山人们的神态。满脸倦色，脚步僵硬，身体摇晃……他认为这就是"不虚此行"一词的真实注解。

他问一位下山的游客，极顶风光很美吧。那位登顶归来的游客告诉他，站在极顶远眺黄河，人显得非常渺小。这时候他想起女同学妙妙，今天登山她身着红衣白裤。即使红衣白裤站在极顶，同样显得渺小吧。

来了一个卖冰果的老汉，大声吆喝着："游客们，你吃了我的冰果，我把十八盘掌故给你讲一讲。"他听出这位老汉以介绍泰山景物为饵，以高于山下两倍的价钱兜售冰果。

摆渡

那你给我讲一讲极顶吧。他掏钱买了一颗冰果，边吃边听老汉讲解极顶景色。老汉脸上挂着笑说，你要是吃下两颗冰果，我就能把极顶的景致一件件一宗宗讲解一遍，跟你亲自上去没有什么两样。

他就掏钱买了第二颗冰果。静心听着老汉的讲解，他仿佛真的漫步极顶了。

他站起身来，好像恢复了几分体力。这时一群大学生追赶上来，发出一阵欢呼声。

一个红衣白裤的女生大声说道，你夸口说第一个冲上极顶，现在我们追上你啦。

他大惊失色，从幻想中的极顶跌落下来。

卖冰果的老汉已经走了。

我们后来居上，你这登山冠军恐怕当不成了。同学们七嘴八舌说着。那位红衣白裤的女生，甚至向他投来奚落的目光。

他的男子汉自尊心被这目光刺痛了。他当然不会忘记在山下夸下的海口。不知为什么，他不紧不慢说出这样一番话语，我早登上极顶了，现在是下山呢，可巧走到这里遇到你们。

同学们怔住了，继而发出一阵惊叹，哇噻！你真是登山冠军，神行太保啊。

那位红衣白裤的女生妙妙，瞪大一双眼睛注视着他，目光里充满羡慕和崇拜。

他继续说，真正的极顶在玉皇阁前院呢，你们可以朝上面投掷硬币，比一比谁的运气好。

你真伟大。红衣白裤的妙妙小声跟他说，你就在这里等候我吧，冠军同志。说罢，她转身跟随同学们继续登山了。

他极不自然地笑着说，好吧，我等你。听了这话，红衣白裤的妙妙猛然回头问他，你说会当凌绝顶真的具有人生意义吗？

她分明是向这位登山冠军讨教呢。他的心倏地一缩，胃里那两颗冰果开始翻腾了。

妙妙攀山而去了。她愈攀愈远，石阶路上她终于成为他目光之中的一个红点。

他站在石阶路上，上也不是，下也不是，仿佛一块风化了的石头。这时候，他感到自己已经失去了泰山极顶，而且永远失去了。

吃剩饭的喜剧

邓　刚

　　我一个邻居老太太过惯了苦日子，养成了极其勤俭的生活习惯。一张报纸、一根线头、一个小铁钉都看成宝贝似的，后来发展到连踩瘪了的罐头盒子和打碎了的玻璃片也舍不得扔，用纸盒小心地装好。刚住进的新房，很快就被她弄得像个废品收购站。不过，她的儿女对这些还能容忍。最让儿女难以承受的是老太太吃剩饭。那些存放多日的、变了色的，甚至有馊味的馒头，老太太也决不扔掉，而是上顿热下顿蒸，把馒头折腾得面目全非也坚持着吃下去。有一次我和妻子去她家串门，看到饭桌上那些毛头张飞一样的东西，竟认不出是什么玩意儿。妻子从旁审视了半天，断定是猴头菇。当看到老太太用干瘪的老嘴长久地嚼磨，并艰难地往下吞咽时，才知道是剩馒头。

　　老太太的大女儿是医生，相当讲究营养卫生。看到母亲吃如此可怕的东西，她又心疼又惊慌，每次回家，都把老太太的剩饭尽数搜出，毫不留情地扔进垃圾袋里。老太太心疼得要死，但见女儿来势凶猛，也只好忍着。有一次大女儿把她仅放了两天的剩饭倒掉，老太太终于忍无可忍了，竟要从垃圾袋里往回捡。女儿火了，说这剩饭里有霉菌、病毒、致癌物，总之吃剩饭就等于吃毒药。再说，现在是旧社会吗？是挨饿年代吗？咱家也不是没有钱，天天吃饭店也花得起！说着，把老太太手里的剩饭夺下来，狠狠地摔到垃圾袋里。老太太见状终于愤怒了，大骂女儿糟蹋粮食，伤天害理，粮食怎么会有毒？我吃了大半辈子剩饭，过去吃的比这还差，现在不是活得好好的吗？这才过了几天好日子，你就这么张狂！还什么天天吃饭店，你这是有两个钱烧的！老太太越骂越来气，不知怎么想起死去的老头子，叹自己命苦，说老头子死得早，女儿也欺负她……

大女儿本来是心疼母亲，没想到会受此冤枉，气得掩面大哭，夺门而去。老太太从此更是理直气壮地吃剩饭。

老太太的小女儿，机灵聪慧，在一家合资单位搞公关工作。她听说大姐与母亲的争吵之后，也回到家里。一进门，小女儿就到厨房找剩饭，把碎馒头和剩烧饼什么的全集中到一起，并问家里还有没有剩饭。老太太莫名其妙，小女儿便煞有介事地说她丈夫得了个怪病，就想吃剩饭，而且像抽大烟上瘾似的，越吃越香。老太太心疼女婿，急得也帮着找，说冰箱底下还有呢！小女儿提着一塑料袋剩饭走出楼门，拐个弯见到垃圾箱便"嘭"的一下扔进去，拍拍手一走了事。

老太太从此再也舍不得吃剩饭了，每过一段日子，就将精心积攒的剩饭包好，盼小女儿来家拿走。小女儿来后搜得剩饭，出门后扔进垃圾箱完事。老太太望着小女儿的背影乐颠颠的，觉得自己给女婿做了件好事。

孤独的老乡

夏　阳

　　我不知道他叫什么，暂且叫他小吴吧。

　　第一次盘问小吴，真不能确定他在我眼皮底下多久了。偌大的天安门广场，游客络绎不绝，人流涌动如过江之鲫。大家背对巍峨的城楼，无不在忙着摄影留念，"茄子"声此起彼伏。小吴不是这样。他到处转悠，瞅瞅这个，看看那个，时不时还支棱起耳朵，像一条狗一样撵在人家身后，偷听人家在讲些什么。

　　形迹可疑。

　　我作为广场的巡逻人员，截住小吴，问，你干吗？

　　他捏着衣角，嗫嚅道，我在丰台那边打工。

　　我是问你来天安门广场想干吗？

　　没干吗呀。

　　老实点儿，我注意你不是一回两回了，你老盯着人家游客干吗？

　　我……我在找人。

　　找谁？

　　找老乡。我来北京三年，还没遇到过一个老乡。

我鼻子一酸，拍了拍小吴的肩，叮嘱道，注意点儿形象，别太露骨，更不准妨碍人家。

他眼里汪着泪，点点头。

天安门广场，草原一样广袤，来自祖国四面八方的人群，河流一般朝这里涌来。黄昏时候，夕阳之下，人流涌得愈加湍急。小吴迎着无数面孔走去，仔细辨别暮色下的每一张脸、每一句方言。

夜深了，广场上游客稀疏，灯火慵懒，小吴拖着疲惫的身躯，追上了20路公交车。公交车从我跟前一闪而过时，我看见小吴抓着吊环，挤在一群人中间，眼里满是恋恋不舍。

小吴来的时间很固定。每个星期天早上，换乘三趟公交车来，晚上又换乘三趟车回去。我巡逻时经常遇到他，有时会问他，找到了吗？他总是一脸黯然。

有一次，我发现他神情大异，跟着一个旅行团很久，最后还是悄悄地离开了。我问他，不是吗？他失望地答道，不是，是相邻那个县的。

相邻那个县也是老乡啊。

他摇了摇头，固执地说，连一个县的都不是，能算是老乡吗？

我安慰他说，实在想家了，就回去看看吧。

他笑道，回家？我爹在山上打石头被炸死了，那个女人改嫁去了外省，哪有什么家？说完，撒开两条瘦腿，消失在人海中。

小吴找到按照他的标准定义的老乡，是在一个下午。远远地，看见他和一个夹着公文包的中年男人在国旗下拉扯，我立即赶了过去。小吴看见我，激动地说，他是我老乡，绝对的老乡！

那中年男人甩开小吴的手，整了整领带，呵斥道，老乡？

谁和你是老乡，老子是北京人！

小吴说，你要赖，你刚才打电话说家乡话，我听出来了，你是我们县的。

中年男人厌恶地挥了挥手，骂道，神经病。白晃晃的太阳下，小吴单薄的身体晃了一下。

这件事后，很长时间没有看见小吴在我眼皮底下转悠了。我心中不禁想，是死心了还是离开北京了？这孩子，挺好的，时间长了没见，还真让人心里有点儿挂念。

小吴再一次出现，是带一对老人来看升国旗。这对老人脸色凄苦，衣衫褴褛。我问他，你找到老乡了？

小吴说，没呢。他们是一对聋哑夫妇，东北的，也没有老乡，我就对他们说，我们做老乡吧。

我欣慰地笑了，说，那加我一个吧。

小吴狐疑地问，你？

我看着远方，沉默了一会儿，凄然地说，我在这里巡逻快三年了，也没遇见一个老乡。

壮医杨一霞

廖玉群

敲门声不大，但很执拗，嘭嘭响了两声，又连着嘭嘭嘭响了几声。

杨一霞几乎就在敲门声响起的刹那间挎上了她的红皮子十字箱。深夜里敲门找她的，都是急症的病人，容不得拖半步。

杨一霞早年跟母亲学过壮医，后来又进了医学院，毕业后在家乡开了家诊所。十里八乡没有不认得杨一霞的，有头疼脑热的，也都找杨一霞。杨一霞平日坐诊，遇到急诊的，二话不说就背起红十字箱。

门开了，门口的男人倒退了几步，才对着灯光里的杨一霞说："闺女，哦，杨……杨医生。"声音含混，像是有一半话含在嘴里，说出不来。

微黄的灯光下，杨一霞看清了眼前的男人。矮矬矬的男人站在夜里，又平添了几分矮。

"我……我那个婆娘……生不下来……深更半夜的……"

"别废话！我都知道，照路，马上走。"杨一霞话一出口，像把剪子，一下子剪断了矮男人的后半句话。说话间，杨一霞早一脚迈出了家门。

摆渡

矮男人默默地退到杨一霞的后面，打开手电筒。黑黢黢的夜，静得像坟场，两个人在手电筒的光柱里急急走着。

矮男人把杨一霞引到一间矮小的屋里。屋内，一灯如豆，一股难闻的草药味儿弥漫了屋子的每个角落。产妇横躺在床上，旁边一个老婆子正把剪刀探到灯光下，见有人进来，放下剪刀，双手合十，口中念念有词。

杨一霞一把推开老婆子，对矮男人喝道："快让她出去！"

男人唯唯诺诺，上前拉开了老婆子。

胎位不正，杨一霞见过不少，可眼前的这位，眼看着连挣扎的气力都没有了。耽搁一秒钟都有危险！

杨一霞打开红十字箱，开始抢救。像这样突如其来的战斗，杨一霞也经历不少了。一切进行得有条不紊。

天快亮时分，婴儿响亮的哭声划破了宁静的早晨。母子平安。

矮男人手足无措地给杨一霞搬来了木凳子，手忙脚乱地端上了姜糖茶水。

杨一霞把红十字箱挎到肩上，她是一刻也不愿多停留了。

黎明将至未至，天凉如水。这个畏畏缩缩的男人，缩着脖子恭恭敬敬地候在门口的大樟树下，看到杨一霞背着箱子出来，忙打开了手电筒："杨……杨医生，我……我送你回家。"

杨一霞说："用不着。"一脚迈进黎明前的黑暗里。

男人远远地打着手电筒，不远不近地跟在杨一霞的后面，直到看着杨一霞进了家门。

关上门，杨一霞把红十字箱放在地上，让自己痛痛快快地哭了一场。

"娘，那个背时的封建老古董，今天他如愿以偿得了个男丁。娘，我本来不想理那个老东西，但背上这个药箱子，就不能想别的了。娘，闺女记住您的话了……医者仁心。"

杨一霞对着神龛上母亲的照片泣不成声。

母亲是个壮医，用祖传的草药医治了这一带的不少病人，赢得了尊重，却输给了没能为家族添男丁的习俗，抑郁一生。母亲走后不久，父亲很快抛下了杨一霞和几个妹妹，迫不及待地组成新家为家族添丁去了。

受母亲的影响，杨一霞学了医，毕业后回到家乡背起了红十字箱。这些年来，那个红十字箱伴随着她走过了这里的沟沟壑壑。

抬起泪眼，杨一霞分明看到，灯光下的母亲，在望着自己笑。

唐小虎的理想

王海椿

唐小虎经常被周围的人们戏称为唐伯虎。但唐小虎既不会写诗，又不会作画，更没有诗人的浪漫情调。但唐小虎有一个习惯或者叫爱好，还是受到了人们的关注。

其实说起来也没什么特别的，就是唐小虎特别爱干净，爱整洁。

他的举动起初被同事们认为是洁癖，甚至认为他是爱表现。比如，有的同事打扫自己的办公室，走廊上会留下一些拖把没有拧干滴下的水渍，唐小虎就会默默把水渍拖了。单位厕所有雇用的钟点工早晚各清理一次，但单位二十几个人你冲我洗，洗手池难免有污渍，唐小虎经常顺手把洗手池的污渍擦了。

使同事惊诧的是一天唐小虎和同事去银行办事，银行门口有一泡狗粪，很多路过的人都绕开走，银行的保安也视而不见。唐小虎让同事等一下，他跑到马路对面的报亭买来一份报纸，把狗粪包了，扔到垃圾箱里。

还有一次另一个同事也发现了唐小虎的怪癖，那是个周末。这个同事去看朋友，因为好久没去看这个朋友了，加之街道改建，到了朋友家附近，却找不到路，于是停下来问旁边一个正在清理墙上广告单的人。众所周知，大街上、巷道里常见疏通下水道、代办证件之类乱七八糟的广告。当时这个人正在揭一个医疗广告，同事在后面叫："师傅，请问兰花巷58号怎么走？"这个人回过头来，吓了同事一跳——却是唐小虎。同事惊讶得张大了嘴巴，唐小虎却像没事人似的，说看着碍眼。还感叹道，唉，哪一天这些乱张贴的事才能彻底管好呢？同事哭笑不得，说唐小虎，这么大的城市，你管得过来吗？

其实，同事不知道的事还有很多。唐小虎家附近有个公园，他每天晚饭后喜欢到公园散步，看到有人随手丢弃的纸巾、易拉罐、饮料瓶，他都弯腰一一捡起扔进垃圾箱。时间久了，他逛公园仿佛不是为了散步而是专为公园打扫卫生的。许多人误认为他是捡垃圾的，他也不生气。

这个城市有一条城中河，河两边的护栏上装了几排霓虹灯管，有关部门称之为"亮点工程"。时间长了，缠绕霓虹灯的铁丝锈蚀脱落，有些灯管就下垂，不在一条线上。一次唐小虎路过城中河堤，发现了这个情况，就取来了钳子、铁丝把灯管一一扶正，重新绑好。恰巧这一天一位领导在一行人陪同下视察市政工程，看到唐小虎的举动，领导亲切地握着唐小虎的手说，小伙子，干得好，我们市政部门就需要像你这样一丝不苟敬业的人！

谁也没想到唐小虎会出意外，事故就发生在城中河堤边。这一次唐小虎又发现河堤护栏的霓虹灯管有几处因铁丝脱落下垂了，就去重新捆绑，结果有一处漏电，他被电倒后跌落水中，当时没人发现，不会游泳的他就再没能起来！

人们在整理唐小虎的遗物时，发现了他小学时的一篇作文，题目是《我的理想》。我们小时候差不多都写过这样的作文，理想大多是科学家、工程师、作家，还有中国人民解放军，等等。我当时说，我的理想是当一名人民的售货员，因为我有几次都在我家附近的商店看到一个售货员阿姨随手从大玻璃柜里摸出一颗糖就吃，我想当售货员就可以天天吃糖。当然我不会把心里的真实想法说出来，而是说当售货员是要更好地"为人民服务"。

唐小虎这篇作文，让我震惊了！他说，他的理想是"当一名环卫工"。我们不知道小小的唐小虎怎么没听老师的教诲，写上当"科学家"之类的伟大理想，而写当一名环卫工。毕竟我当年写当售货员还有糖吃，而当环卫工除了起早摸黑、流大汗、吃灰尘外还会有什么好处？而那时候他怎么就想起当环卫工呢？难道他所有的行为，业余所做的一切，就是为了圆环卫工的梦？

可惜，唐小虎死了，这成了解不开的谜。

儿子的旋律

徐 平

　　儿子下班了，父亲紧张地数着儿子的脚步声。果然儿子"啪"地开了门。父亲默默地看着他。儿子没有看父亲，似乎点了个头，往自己卧室边走边脱外套。

　　收录机又响了。

　　儿子！

　　两人面对面准备吃饭。儿子在撬午餐肉。父亲从儿子脸上看不出什么异常。

　　父亲一字一句："我被免职了。明天宣布。"

　　儿子猛地扬起脸。父亲没有在这稍纵即逝的惊讶里看到别的什么。没有怜悯没有安慰也没有懊恼。儿子手不停："你也需要休息了。"

　　父亲感到胸闷气短。他盯着儿子。儿子的手健美粗大，血管里青春在跃动。儿子一声不吭。父亲没有说话，也不再盯着儿子。他感到儿子匆匆搁筷，找衣服，又跨进卫生间。马上，水声"哗啦哗啦"，跟着儿子的歌声高高扬起，声音温存自信，旋律跳荡。

　　儿子！

摆渡

儿子！

儿子！

儿子你在想什么？你大了，不再崇拜父亲，你越来越沉默，你不再抱怨父亲呆板僵化，不再为各种政治问题与父亲争论不休，也不再说父亲刚愎自用。儿子，你甚至看不起父亲。可父亲这样了，你还是无动于衷吗？这就是这一代的冷漠理智？你匆匆吃饭洗澡，是因为那打字员在等你去看歌剧？可是儿子，我从来没有像现在这样需要你啊。我的官龄比你年龄还大一圈……

电视在播相声。父亲茫然四顾时才发现儿子并未出门，而是坐在他身后看书。父亲不由纳闷儿：打字员前天就订了票，还兴冲冲问他是否同去。

父亲彻夜来回踱步，儿子也辗转反侧。父亲老了，他的一切都老了。曾和父亲这一辈很协调的背景已走向薄暮黄昏。这是变幻莫测的时代，不是仅仅需要热血赤诚的岁月。

早上儿子起得很早，父亲晨练回来，儿子已准备好早餐。收录机照样开着，而且旋律明亮欢快。

父子俩依然沉默着洗漱用餐。儿子几次似乎要开口，父亲忐忑地期待着，儿子却什么也没有说。

父亲佝偻着进卧室更衣。儿子不知什么时候站在身后捧着一套西装。"穿这精神。——是去开宣布会吗？"儿子又拿过领带走到父亲跟前。父亲迟疑着。

"我给你打。"儿子看着父亲。温柔的手像父亲过世的妻子。父亲心缩成一团。"行吗？"儿子侧侧身。

父亲和儿子一起看着穿衣镜。沉默着，父亲凝视儿子的眼睛，儿子也凝视着父亲。儿子对着镜子：

"一夜之间你衰老许多，"儿子声音低沉、温柔，"可我一直为你感到骄傲，为你一辈子正直无私，一辈子对信仰的忠诚。你尽力了。"

父亲心潮翻涌。肩头上儿子的手十分有力。他感到心中自信像空气注入瘪气球一样迅速饱满地回归。

最后接送父亲的小汽车在笛笛呼唤，父亲走到门口又折回头："昨晚干吗不去找她？"

儿子沉默了一会儿说："分手了。"

"因为……我下台了？"

"大概——但这没关系。"

儿子！儿子！儿子！

父亲老泪闪烁。儿子把双手搭在父亲肩上，笑道："结束，意味着新的开始。我很高兴不再有你的耀目光环笼罩我的光彩——你说呢？"

儿子！儿子！你可以把收录机再开大点儿。

去见一个人

彤　子

林中决定去看望一个人。林中要看望这个人并不容易，托了很多重关系花了点钱，才搭到线见这个人。

这天天气很好，阳光白得刺眼，林中开着车子向西驶去，翻过两座山，远远便见到了这个人所在的山城。林中放慢了开车的速度，天上有朵大的云飘过，遮住了太阳，林中被一片阴影笼罩着，他干脆将车子停了下来，凝神望着远处的山城。以前林中常和这个人开车来这里，山城的山里有许多珍奇的野味。那时林中开车，这个人坐后面，他对林中说，这里山多，工业污染不到山里来，来这里吃真正的野味山珍，不但美味，还能体现身份。这个人现在可能吃不到野味了，他有高血糖，还是不吃为好。为什么要见这个人呢？林中突然觉得有些不可思议，毕竟单位还有大箩子的事情等着自己处理。可是，毕竟来了。

林中发动车子，车子很快就驶上了一条水泥路，水泥路一直蜿蜒向前，两边种了榕树，一缕缕树须垂了下来，随风轻摆。树间立着一排灯柱，夜间这条路一定是流光溢彩的。路的尽头就是这个人所在的地方，也是苍翠一片，根本就感受不到夏日的炎热。真是个环境清幽的去处。

林中下了车，向一栋粉蓝色的大楼走去。来往的人们都没看他，林中明白，这不是局里，没人认识自己，没人知道他，在局里，所有见到自己的人，包括门卫，都会哈着腰叫他。

　　那个办手续的姑娘接过林中递过来的身份证，抬头望了一眼林中，没说话，低头在纸上沙沙地写着什么，跟着又啪啪地在电脑上打了一排字，然后拿林中的身份证复印了一份。最后，她叫来一个帅气的年轻人，又递给林中一个电子卡，冷冷地说："小年会带你去见他的。"林中接过电子卡，跟着这个叫小年的年轻人走了出去。

　　小年在前面走着，一脸严肃，林中想跟他说些什么，他以为小年会回头看一眼他，或者会说些什么的，可小年没有回头，更没说话的意思。林中只好跟在他后面，也不吱声。林中走在浓密的树的阴影里，阴影和寂静给他带来了巨大的压力，他觉得脚真软，他试着停下来，不去见这个人了。可前面走着的小年，笔直的身子像标杆，似有股无形的压力，林中竟鼓不起勇气说算了。

　　到了。小年停下来说。

　　林中觉得有样坚硬沉重的东西在头顶砸了下来，耳朵嗡嗡地一阵鸣叫。他不由自主地走了进去，先读卡，再登记，登记完后，窗子里面有人递了个会见牌出来，林中接过，然后，前面那扇巨大的铁门自动拉开了。林中愣了一下，觉得这拉开的铁门像一张巨大的嘴，一下就能把自己吞没。

　　既然来了，就进来吧！有个声音在林中耳边说，林中刚走进去，耳边就当啷一声，林中吓得跳了起来，他回头看，铁门森严地紧闭着，门外一个人也没有。转身，在脚下是一条长长的水泥小路，只有铁围栏，没有树木，太阳把水泥板晒得灰白。

林中向前走去，没人。寂静。炽热。灰白。空荡。压抑。漫长。林中感到腰骨真软，他几乎无力支撑自己的身体了。

路的尽头是个等候室，林中不安地坐下来，将双手插在两腿间，低下头，林中听到两腿在颤抖，他把挂在胸前的会见牌捏得湿湿的。"林中！"突然听到自己的名字时，林中一下子从椅子里跳了起来。会见室在三楼，越往上走林中越感觉自己的绵软无力，他几乎是扶着楼梯爬上去的。

这个人就坐在会见室里，笑眯眯地望着林中，那笑着的眼里，没有欣喜，没有沮丧，没有怨恨，没有感激。像死水一样，平静，波澜不惊。林中勉强坐下来，这个人望着林中，林中也望着他。这个人拿起话筒，说，说说吧！林中拿起话筒，来之前，林中以为自己会说些什么的，但现在林中竟不知从何说起。林中紧扼着话筒，汗水都快要将话筒淹湿了，他口舌干涩，味蕾咸苦。这个人笑着，望着林中，耐心地等林中先说话。

林中舔舔嘴唇说："早，早想来看你了，但工作忙，那位置，你知的，很忙。"这个人笑着点了点头，林中发现这个人黑了，结实了，仿佛年轻了，一点也不像高血糖的样子，林中忍不住说："你像过得很舒心的样子。"

这个人笑得很欢，嘴巴咧得大大的，露出洁白的牙齿，他说："不再提心吊胆了，自然是舒心的。我的血糖也降下来了。"

其实林中也有高血糖，医生叮嘱过他要注意饮食和锻炼。林中都按医生叮嘱的去做了，但效果不佳。林中记得这个人也曾跟自己说过，无论他怎样吃药怎样游泳，血糖也不见低下来。林中将一只手在衣服上擦着汗水，另一只手扼着话筒说："你不像我来前以为的样子。"

这个人笑笑说："你就是我未见到你之前以为的样子。"

林中突然语塞了，不知道该说什么。这个人说："你就是我，以前的我。你早该来见我了。"

林中觉得耳朵嗡嗡的，肯定高血糖犯了。他放下话筒，站了起来，觉得天旋地转，虚无缥缈的。他扶着墙壁一路往下走，又一路扶着围栏走到铁门前，铁门郎当一声，打开了。林中踉跄着走过铁门。铁门又郎当一声，关上了。林中愣愣地举着会见牌站在铁门外，恍如隔世。

离开时，林中再回头看了一眼，是早该来见这个人的。林中想着，抹去额上的汗，发动车子跑在山城的水泥路上。被车子抛在后面的，是一处环境清幽的地方，它有个名字，叫山城监狱。

生命的绝唱

李永生

　　黑色的硝烟弥漫天际，太阳在这黑色烟雾的笼罩下失去了光彩。鬼子为了占领这个名叫"鸡蛋砣"的高山阵地，用骡子拖来了十门山炮。敌人的炮火把阵地几乎翻了个个儿。

　　他们已经坚守了三天三夜。一个排的战士打得就剩了两个人。一个排长，一个娃娃兵。排长人高马大，兵身材瘦小，一脸的稚气。

　　有点儿空闲，兵便写诗。兵兜里装了好多纸片，五颜六色，大部分是捡来的烟盒纸，上面密密麻麻全是字。兵本来在宣传队，但主力部队因为打仗减员过多，兵便被补充到了一线，刚来几天就碰到了这场硬仗。因为又瘦又小，大伙儿叫他"瘦干儿"，排长却只叫他"干儿"，而且两个字不连起来叫，他喊："干——儿。"瘦干儿说："排长占我便宜。"排长眯眼一笑，说："我这岁数，当你干爹，你不吃亏。"

　　这片刻的宁静令排长全身放松，他挖了一锅烟，斜靠土堆坐下，头顶袅袅升起一股烟雾。吸完烟，排长开始数子弹，还有十二发。排长问："干——儿，你，还有多少子弹？"瘦干儿说："五发。"排长说："都给我。"瘦干儿磨蹭着把五发子弹掏出来，又一颗一颗过了下数儿，递过去，却又恳求说："排长给我留点儿吧。"排长想了想，就又退给他一颗，说："我一发子弹能换一个鬼子的命。"瘦干儿咬着嘴唇说："我也……能。"排长问："你干死了几个？"瘦干儿说："一个。""瞎猫碰到了死耗子。"排长说："笔杆子不中，打鬼子得用枪杆子。"瘦干儿小声说："诗，也是武器。"排长"喷儿"地一笑："什么湿啊干啊的，狗屁！"

这时炮弹呼啸而来，排长喊声卧倒，便把瘦干儿压在了身子底下。一轮炮击过后，排长从土里拱出来，从身下拉出瘦干儿，顺势摸了下他的裤裆，说："我看是'湿'，还是'干'？"摸过，感觉湿漉漉的，骂道："孬！"瘦干儿羞愧难当。

鬼子屎壳郎似的又开始向前挪动。排长瞄准射击，果真一枪一个准儿。瘦干儿看了排长几眼，捂了捂胸口，按住那狂跳的"小兔子"，举枪瞄了好半天，"叭"一枪，一个鬼子倒栽葱。排长望了一眼瘦干儿，舔舔大拇指，摸出一颗子弹在手中捏了捏，撂个高儿，扔给他。瘦干儿子弹上膛，又捂了捂胸口，瞄半天，又一枪，又有一个鬼子倒栽葱。

鬼子趴在石头后面，暂时停止了进攻。而此时，他们的子弹也打光了。

他们只剩一颗手榴弹了。

两人开始后撤，但没走出百步，只好停下了——是悬崖。

鬼子从三面包抄过来。

排长说："咱今天回不去了。"

瘦干儿汪了两眼泪水。

排长问："怕了？"

瘦干儿咬着牙说："不怕，尘土迷了眼。"

太阳渐渐暗淡了，朝西天坠落下去。

排长搂住瘦干儿，感觉出他身体的轻轻颤动。

"干——儿，咱爷儿俩一块死，我陪着你，怕啥！"排长说着拧开了手榴弹盖儿，"咱队伍里没孬种！"瘦干儿的牙齿打着战，说："我——不孬。"排长拉出了弹弦，慢慢地在手指上缠绕。瘦干儿忽然说："排长，别浪费手榴弹，给鬼子留着……咱跳崖，兴许还能活了……"排长脸对脸望着瘦干儿说："对，咱留个囫囵身子。"

排长向鬼子甩出了那颗手榴弹。

排长搂着瘦干儿走到悬崖边。向下一望，瘦干儿闭了眼，下意识地后退了一步。排长忽然掐住了他的脖子，吼道："我说过，咱队伍里没孬种！"

瘦干儿说："排长，我不是……排长……我蒙上眼睛……行吗？"

排长皱皱眉，说："行！"

瘦干儿又说："排长，我还要留首诗。"

排长迟疑片刻，说："也行！"

瘦干儿摸出了纸片，又拿出了笔，坐在地上，开始写诗。

此时瘦干儿似乎镇定了许多。排长那只大手一直搭在他脖子上，乜斜着眼，望着那支铅笔头刷刷地急速滑动。写完，瘦干儿把纸装进衣兜里，按了按，"刺啦"一声从衣服上撕下一块布条，蒙在眼上，说："排长，给我系上。"排长边系边哽咽地说："其实，你还是个娃娃啊！这样，也不丢脸！"

瘦干儿嗫嚅着说："真的？"

鬼子涌到了山上，惊愕地望着两个人。

疲惫的太阳即将结束一天的旅行，西方的山峦被阳光染成一片血红。忽然起了一阵怪怪的风，风无定向，趔过来趔过去，蒙在瘦干儿眼上的布条竟被风吹得有些招展。

蒙着双眼的小战士和排长一起走向了悬崖边……

这是一个真实的故事。那个叫瘦干儿的兵是我的四叔。三年前，我从平西抗日战争纪念馆里看到了他那首写在烟盒上的诗。我找到馆长，把诗作复印了下来。

那首诗是这样写的：

　　在牺牲的那一刻
　　我蒙上了双眼
　　同志们啊　别说我怯懦
　　我只是不忍看
　　不忍看属于我的最后一抹阳光
　　在眼前匆匆掠过

狼　性

尹全生

　　隆冬时节，北国边陲的禅山屯银装素裹。

　　陶大夫的侄子在大城市混阔了，不远千里回到禅山屯，要接父母到城里去享清福。

　　回乡的当天晚上，侄子提着礼品来看望陶大夫。寒暄过后，侄子掏出一张处方，说近年来自己总感身体不适，可是经许多大医院检查，并没发现明显疾患，无奈之下找到一个很有名的老中医诊断，开了这张处方。

　　年近六旬的陶大夫中医造诣颇深，尤其擅长疑难杂症，方圆百里久负盛名。只是由于没有文凭学历，又看不惯大小城市医院的乱收费，他一直都在民间行医。

　　陶大夫在处方上扫了一眼："既然是大城市名中医开的处方，你直接拿去抓药得了，为什么还要拿回来给我看？"

　　"我发现那老中医开处方时，思忖再三，欲言又止，神色很是古怪。而且，那老中医口头交代的药引子更古怪——狼心一个！"

　　"狼心？"陶大夫这才认真审视那张处方。审毕，他问侄子什么地方不适。一脸憔悴的侄子说："我总感到心里发慌、发虚，食不甘味；夜里还总是做噩梦，惊醒后浑身冷汗淋淋的。"

陶大夫把脉过后又逐字审视处方，审毕喃喃自语道："真可谓命之理微，医之理亦微；天下至变者病也，至精者医也。"

"你是说这处方不对症？"

"这处方出自高人手笔，症既洞彻，药必效灵。你照处方抓药服用定可见效。不过……"陶大夫也是思忖再三，"不过，狼心难得啊。"

禅山屯四周山高林密，群狼出没，得狼心不是难事，可这一带早已禁猎。侄子说这天寒地冻时节不会有人巡山，即使被人发现了也能摆平，请陶大夫再帮忙猎一只狼。陶大夫早年喜欢打猎，有猎狼绝技在身。他应承了侄子要求后便开始准备猎狼用具：先宰了只鸡，将一把锋利的三棱刮刀沾上鸡血放到室外，待鸡血冻住后，将三棱刮刀再次沾血……如此反复多次，三棱刮刀的利刃被鸡血严严实实地包了起来。

第二天，两人一道走进了白雪皑皑的山林。陶大夫选好猎狼场所后，先将刮刀头朝上插进雪地里，又从怀里掏出矿泉水瓶子，将水浇在刮刀旁，转眼间刮刀就被牢牢冻在雪地上了。之后，两人到下风头选地方隐蔽起来。

大雪封山，一只断了吃食的饿狼循着血腥味儿找到了刮刀。饿狼最先企图将三棱刮刀叼走，努力失败后，就迫不及待地用舌头舔刮刀。被舔化的鸡血散发出浓烈的血腥味儿，饿狼越舔越快，越舔越有力，三棱刮刀渐渐露出了锋利的刀刃。但狼并没有停止舔食。

侄子感到奇怪，悄声问陶大夫："刀刃已经露了出来，它怎么还在舔？"

"狼的眼睛只顾观察四周动静，没发现已经舔到了刀刃——就是看到了刀刃它也不会停止的。"

侄子大惑不解，问这是为什么。陶大夫说，狼嗜血成性，已经舔到了不顾一切的"忘我境界"，把不住自己舌头。"而且，三棱刮刀的槽很深，虽然刀刃已经露了出来，但刀槽内遗留的鸡血还没舔净呢！"

远远看去，狼迅速抽动的舌头舔到了刀刃，舌头开始流血了。而狼仍然没有停止舔食。

侄子忍不住又问："那家伙难道不觉得疼？"

"狼本性贪婪，又正舔到兴头上，在血腥味的诱惑下，已经感觉不到疼了。我就是摸准了狼的本性，才琢磨出这一猎狼招数。"

"真是怪事——舌头血流如注，它竟不知道疼！"

"就是知道疼，它也不会停止——这就如同世上的贪官赃官，明知道贪污受贿是犯罪，甚至可能掉脑袋，可是有几个肯收手的？"

零下 20 多摄氏度的冰天雪地里，侄子的脑门上居然沁出了汗珠。

狼这时舔的实际已经是自己的血了。它舌头上淌出的血越来越多，舌头抽动的速度也越来越快，因此淌出的血就更多……最终，贪婪的狼腿一软瘫倒在地——它已经失血过多，垂垂死矣！

该过去拖死狼了，做药引子的狼心唾手可得，而侄子的双脚似乎被冻在了雪地上，痴呆呆地看着陶大夫："我现在觉得，用狼心做药引子让人心里发怵。"

"听说你在外面当局长，对吧？"陶大夫也没去拖死狼，却拖住侄子要下山，"实话对你说吧：那服中药本来就不需要，药引子更不需要，狼心、良心只差一个偏旁啊！那老中医的用意你难道现在还不明白？"

稻　香

符浩勇

　　李群忙完应酬，从亿丰商厦出来时已是晚上八点。他驱车走在繁华的街道上，心里并不平静。刚才酒桌上同行的话还响在耳膜：这些年，市县里只要有人进了省城站稳脚跟，你就无法摆脱市县来人的烦扰或者纠缠。你帮他把事办了，孝敬菩萨的话也会说。可要是办砸了事，当面甩脸就走人。

　　他正步入中年，已是省城某商业总公司的副总经理。就拿这次人力资源部门的招聘来说，应聘者各显神通，各个渠道的招呼铺天盖地，应接不暇。而二十多年前，他只身来到这座城市，却是举目无亲……

　　那年，家乡遭荒，娘给他一个地址，让他进城来找一个叫贾良的人，说他在家乡当过知青，会帮忙的。走的前夜，他和青梅竹马的稻香道别，他动情地说："等我在城里站稳脚，就回来接你。"稻香却婉拒了："你进城去了，就好好奔前程，别惦记我了。"说罢，转身就走。他没有去追她，却暗暗下了决心，在城里有出息了，一定好好待她，就像他曾发誓不会忘记秋天田野的稻香。

　　次日，他挤上客车一路颠簸到了省城，好不容易转折打听到一家门牌下。他敲开门，门里挤出一张中年男人的长脸，警惕地盯着他："你找谁？"他说："我来找贾良，他在我们家乡当过知青……"那张长脸皱了皱眉说："贾良不住这里了，他早搬走了。"他急忙问："那他搬到哪里去了？"长脸回答说："城里这么大，找一个人就像大海捞针，哪里去找他？你还是回家去吧。"说罢，关上了门。他提着行囊像一只无头苍蝇走在宽阔繁华的街上，看着四周林立的高楼大厦，却找不到自己的立足之地。出来时，他只带了单程的路费，只得找了家廉价小旅馆住下再作打算。

　　第二天他去找工，准备先挣回家的盘缠。他走过几条街道，问了好多家店铺，找工都没着落。饥肠辘辘，看着店铺里出笼的包子，他记起了家乡田野的稻香。忽然，他发现一个七八岁的小女孩在街边哭，看样子显然是迷了路，一副又饿又怕的样子。许多人停下来看她，却又都走开了。他想起小时候有一次稻香上山打柴迷路的情景，就上前去，用他身上仅有的钱买了一个烧饼给了她。女孩不哭了，跟着他又拐过一个街口，却说不清家到底在哪里。他正焦急，女孩的父亲突然从天而降，问清缘由，对他谢天谢地。他已身无分文，正犹豫索要回家路费，没想到女孩父亲问："你是进城找工的吧？要不到我们公司来干吧。"他喜出望外，差点对那人流泪下跪。

　　在公司，他勤勉上进，并很快在对外营销方面独当一面。有一次公司兼并另一家公司时，他在一张人员花名册上看到了贾良的名字。起初他还想天下之大，同名同姓的人多了。等到真正见到贾良，居然正是当初自己刚进城时敲门后见到的那个长脸的中年男人。贾良见到他时，脸上也"刷"地红透了，不敢正视他。哦，当初他为何不愿意相认？是怕会给他带来麻烦，还是像稻香说的那样城里的人情比纸薄？而偏偏在这以后，他就是贾良的上司。虽然同在一家商厦里上班，在各种场合常常碰面，却形同陌路。有好几次，他感觉到贾良似乎要跟自己和解打破僵局，但一想起当初的境遇，就懒得理睬他……

如今二十年过去，李群当上了公司的副总经理，有了一个温馨而安逸的家庭，妻子勤勉贤惠，女儿争气上了大学。尽管这些年在城里打拼滚爬，疲于奔波，但每当驱车回到居住小区，看到楼上亮着柔和灯光的窗户，还有妻子倚窗期待的身影，他就感到无限幸福和温暖。

他开车缓缓滑进车库，刚走出来，有个女孩就上前拦住他。他以为是为这次公司招考找他的，故作惊讶地问："你找谁？"

女孩说："我来找李群叔，是我娘叫我来的，我娘叫稻香。"他凝眼一怔，仿佛看到稻香轻盈的身影。刚进城两年时，他回家乡，还带了城里的礼品去见稻香，她却已经嫁人了，山里的风霜削走了她的俊俏。她衷心祝贺他在城里站稳了脚跟。再后来，母亲过世，他就很少回家乡了。这些年因为业务忙，一次次盛宴的记忆荡然无味，也早忘却秋天田野的稻香。现在莫非家乡又遭了灾，稻香才想起了他，让女儿来投靠他？眼下已不是二十年前了，现在农民工蜂拥进城，用工市场竞争激烈。况且找工作也不是一天两天的事，她要住多长时间？家里的房间也不宽敞。他不动声色地对女孩说："李群已经不住这里了，他早搬走了。"女孩急问："那他搬到哪里去了？"他说："在城里，找一个人就像大海捞针，你找不到他的，还是回家乡去吧。"刚一说完，他就觉得这句话似曾耳闻，如今竟出自自己的嘴里。

女孩向他道谢准备离去。他忽然想起这与多年前自己来找贾良时的遭遇是何其相似。贾良鄙视他的那副嘴脸在心里生了根。贾良早已退休了，他却始终都不原谅他。而现在他怎么也成了这样！他心里一抖，记起稻香当年的温情，忙对女孩说："我刚才没认出来，我就是你李群叔；先在家里住下吧，进城找工也不是一时半刻的事。"

女孩听了，向他嫣然一笑，说："李群叔，你误会了，我不是来找工的。我去年大学毕业，在一家公司上班。这次家乡要修大桥，我回去一趟，我娘让我给你带土特产来了。"

他听着很羞愧，一脸窘态。待女孩走后，他忽然记起前不久接到家乡一张庆典请柬，他原打算找个借口搪塞过去，但此刻他决定了，不管多忙也要回一趟乡下。

童 神 掌

曹德权

童神掌名玉堂，号宗翁，乃小镇一奇人。他年过八旬，竟能端坐如钟，行走步健，并不要扶手杖。每顿 3 两白饭 2 两粮食酒，作息极有规律。看情形，这是个奔百岁高寿处走的人。

童神掌不是武林中人，乃小镇一神医。说是神医，他并不精医，察神把脉，视触叩听，他却不屑，专治跌打损伤。闪了腰错了颈，崴了脚扭了腰断了胳膊什么的，只要是新伤，找到他那就是绝对遇到神医。

他给人治伤很特别，问明伤处，探手给你摸一摸、捏一捏，有的捏你两下就好了，有的给你两巴掌就行了，有的踢你一脚就对头了。你说这跌打损伤不算回事儿，实际上就是骨头骨节错了位，两掌整复原了就行了，这叫"接斗"，算不得手艺的。

他说不算手艺，小镇人却把他这一手看得很神，称他"童神掌"。名号一响，方圆几十里有此类伤痛便都找上门来，甚至还有从几百里外专程前来小镇找他诊治的。童神掌不论何人，伤情轻重，每人一律收费 60 元包治好，如没有治好，诊费加倍奉还。但小镇人还从来没见过找他退医疗费的。

童神掌每日里诊治一二十个伤者，收入自然可观，但他生性乐善好施，把钱看得并不紧要，且立下一个怪规矩：每收60元钱中，提5元给小镇敬老院，提10元补贴志愿军老兵的生活，提20元给镇小学，提10元给军烈属，剩下的才归自己。每月下来，他都要亲自把这些钱送到镇政府有关部门帮他代转。镇子里的人们，对童神掌的德行皆交口称誉，其威望自然远在镇书记、镇长之上。

此后小镇出现许多奇事。先是童神掌被选为镇人大代表，此后届届满票当选。童神掌本是个心性率直的人，现在他是人大代表了，便极认真地参政议政，镇政府对老百姓的提留多了他要提意见，教师工资没按时发他要出面呼吁，干部进了饭馆大吃大喝他要干涉，弄得镇政府的头头脑脑们见到他就紧张。

在童神掌当上人大代表后，有三任镇长被他弄丢了官。童神掌提意见从不在背后提，大多是在人代会上说。第一任镇长下乡经常打的，童神掌说下乡打什么的呢，过去的镇领导骑个洋马（自行车）不照样下乡吗？政府财政紧张，你下乡一次花几十元打的钱，不如干脆别下乡，还少开支许多冤枉钱！他在会上一发言，这个镇长就落选了！此后的一任镇长，因进卡拉OK厅泡小姐，另一任镇长因进茶坊同几个包工头打牌赌大钱，皆被他在人代会上给弄下了台。

童神掌85岁这年，决意不再当人大代表了，他向人们说："现在我们选出了个好镇长，再加上我也老了，选好了人我也就放心了。"

好镇长姓段，是个实在人，原来是个村支书，他上台后为老百姓做了许多实事，深受乡民的拥戴。也是他同童神掌有缘，这天，他下乡帮村民搞稻鱼共生的科技项目时摔下了田，扭了颈子。

段镇长偏着个颈子回镇子找到了童神掌。

童神掌向前瞅了瞅，突然发出口令："立正！"

段镇长下意识地站好，做了个立正的姿势。

童神掌点点头："好，好，身正不怕脖子歪哟！"

童神掌说完，一掌扇向段镇长，响亮的耳光中伴着"咔嚓"一声。

段镇长扭了扭头："哈哈，硬是一点都不偏了。神掌，神掌！"

奇花异草

江 群

县委书记亲自点了一批年轻干部到乡镇去工作，马明怎么也没想到，名单里会有自己。自参加工作以来，马明一直勤勤恳恳，加之有文凭有能力，三年后就提了副科。眼看单位一把手到年龄要退了，正逢良机，猛然却被调去乡里，马明心中真不是滋味。

回家打点行装，妻子埋怨他："叫你平常多和领导联络感情，比杀你的头还难。现在好了，到乡下去当农民了。"马明感到有点对不起妻子，赔着笑说："天将降大任于斯人也，必先劳其筋骨……"

"行，你就下乡劳改去吧！"妻子有点生气了。

到了他供职的乡，马明才真正感受到天高皇帝远是什么意思。这个窝在山沟沟里头的穷乡，山多田少，山又多是些荒山，尽长些灌木。

他走访了几个山村，发现居然还有人家连饭都吃不饱，十来岁的孩子就辍学了，因为交不起学费。马明的心完完全全地被震动了，他打电话给妻子说："不管是不是发配，我得让这里的孩子能上得起学。"

马明就在乡里待上了，他带着农技站的人四处去推广种植红牙芋。红牙芋最喜欢土壤偏酸的山坡地，种源又广又便宜，秋后的价格也好，城里人都爱吃。哪晓得，响应的农民却不多，勉强做通工作的也只种几分地试试看。只有个回村务农的高中生何小树胆子大，一下子包了十亩山坡地，全种了红牙芋。马明的心就系在了那块地里，常带着农技站的人去看看、指导指导，饿了就和小树坐在地里用柴草煨红薯吃，吃得嘴角乌黑，互相指着乐得哈哈笑。

秋后，小树的红牙芋果然丰收了，马明帮忙整了个车，全给拉到省城蔬菜批发市场批发了，一下卖了几万元。那些种了几分地的，用平车拉到县城卖，效益也不错。没种的人都后悔了。

第二年，不用推广，全乡七个村几乎家家种上了红牙芋。市里有个搞蔬菜批发的大老板，跑来和乡里签了个合同，要在秋后全部收购。

第三年，马明推广了矮晚柚。三年期满，县里把他调了回去。

回到城里，马明才知道，当年一起去乡镇的二十多人陆陆续续都回来了。每个人回来，县委书记都亲自主持了严格的考核，很少有人过关而得到升迁，基本上原地踏步，有的甚至还被免了职。马明想，我问心无愧，管他考核啥。

县委书记却不是单独见他，一大帮人，人大的、政协的、组织部的，都有。马明一进会议室，县委书记就笑着说："嗬，我们的芋头乡长回来了。又黑又瘦，真像块芋头哩。"在场的人都笑了。

马明也笑，他找个位子坐下了，说："书记，你想考啥，你就考吧。"

县委书记说："嗬，你要将我的军嘛！小伙子干得不错，乡里的工作我很满意，没啥考核的。就是想问你几点花卉方面的小知识，你说说看，我养的这几盆花叫啥？"

马明这才注意到长方形的会议桌肚里摆着一长溜儿盆花，分明是种的芝麻、生姜和马铃薯嘛。他照实说了。书记点点头，说："马明呀，你不知道，你们一批下去的干部，只有你全部答对了呀。有些人不认识，硬说是什么奇花异草。这些都是农民种的、吃的、养家的。让他到乡下当干部，却当得五谷不分，这样的干部要他何用呀？看来你是一颗心扑到了农民地里。"他随即向旁边的几个人大代表说："我建议，提请人大增选马明同志担任农业副县长。"

会议室响起了经久不息的掌声。散会后，书记对马明开玩笑说："小伙子，当了几年芋头乡长，也不送点芋头给我？"

马明说："书记，过些日子，我送些好吃的柚子给你尝尝。"

平平常常的面试

汝荣兴

星期一的早晨，单有良天刚亮就起了床，接着，在刷完牙、洗罢脸又匆匆忙忙地吃了点早饭之后，他便一个劲地看着自己的手表，嘴里还不停地在这么自言自语："还只有六点半呀，时间怎么过得这么慢嘛！"

没错，单有良在等时间，而且，这一时间对单有良来说又是显得那样的重要：十天前，刚从大学毕业的单有良参加了一家他很中意的公司的招聘考试，并以优异的成绩通过了书面考试这一关。但这仅仅是初步的胜利而已，今天八点钟才是关键——今天八点钟，公司要对通过书面考试的三十位应聘者进行面试。实际上，该公司此次的招聘录用名额只有一个，也就是说，单有良现在是真正到了"生死存亡"的时刻，所以也怪不得他要显得这么的激动和焦急呢。

现在，手表上的指针好不容易走到了七点半的位置。单有良便连忙理了理头发，又整了整衣裳，然后噌噌噌跑下楼去，跳上自行车……

其实，单有良也用不着这么慌忙，因为在面试者名单的排列顺序中，他是最后一个，而且，在轮到他进去面试时，那面试的场面及主考官提出的问题，也根本不像他原先所想象的那样紧张和复杂——主考官只是个年纪比他大不了多少的年轻小姐（听说她是公司老总的秘书），而她提问的内容，也无非是叫什么名字，今年几岁了，是哪所学校毕业的，有什么特长，为什么来本公司应聘，如此等等，实在是简单得很呢。

因此，在轻轻松松地回答完了一切之后，单有良还不由得暗暗地笑起了自己来，我真是没见过世面呀，自己把自己弄得这么紧张！

不过，这么笑完之后，单有良又不禁有些疑惑起来，难道面试真的就这么简单么？要是真的就这么简单，三十个人中又怎么能分出高低来呢？要知道，那些问题可是谁都能百分之百准确无误地回答出来的呢！

就在这时，只见那小姐笑吟吟地走上前来，递给单有良一个已封了口的公文袋，说："面试已经结束，麻烦你把这份材料送到八楼的总经理办公室去吧。"紧接着，小姐又补充说："对啦，楼里的电梯今天正好坏了，所以只好辛苦你从楼梯上去了。"

面试室是在一楼，从一楼走到八楼，当然不是一件很轻松的事情。但这一路上，单有良倒并没有去想轻松不轻松的问题，而是脑子中始终在继续着先前的疑惑，面试就这么结束了？如此简单的面试方法，又怎么能将面试者区分出个优劣胜负来呢？

这么疑惑着，单有良已走到了四楼。正当单有良过了楼梯的拐弯处，准备继续上五楼的时候，他看见一个白发苍苍的老人，一只手里拿了个拖把，另一只手拎着一桶水，正在上五楼的楼梯上艰难地行进着——这老人显然是公司的清洁工。但不知怎的，见了他，单有良忽然就想起了自己的老父亲来，于是他便二话没说，上去一把接过了老人手中的那桶水，道："大爷您歇歇吧，您要上几楼？我帮你拎上去。"

"不用不用，这样的活本来就是我干的嘛。"老人回答说，同时想从单有良手里重新接回那桶水来。

但单有良没有松手，他还对老人说道："大爷，您别客气了，反正我的手空着也是空着呢。再说，我这也是顺路嘛。"

就这样，单有良拎着那桶水在前面走着，那大爷在他后面跟着，他们先是到了五楼，接着又上六楼，然后再上七楼……而且，单有良一边走，一边还跟老人拉起了家常，问老人今年几岁了，身子骨是不是硬朗；又问老人家里有几个人，日子过得是不是还可以；还关照老人日后碰上电梯停电得拎水上楼时，一定要小心点，走一层楼梯，就歇一歇，千万不能……

单有良说到这里，没料到那老人突然走到了他的前面，与此同时，只听得老人声音朗朗地朝他说道："恭喜你年轻人——从现在起，你已经是本公司的正式一员了！"

"这……您……"听了老人的这句话，单有良一时间仿佛是坠进了五里雾中，不知道这究竟是怎么回事。

也就在这时，那位负责面试的小姐也忽然从楼梯上冒了出来，并指着那老人对单有良说道："他就是我们公司的老总，老总他今天一直拎着水桶等在楼梯上，可前面那二十九位面试者，个个都对他视而不见。"

"是的，我们今天面试的真正题目就是这一道——看你有没有爱心。一个缺乏爱心的人，我肯定他是不会真正地爱自己的工作的，也不可能会将自己的工作真正做好的。"老总最后说。这么说着，老总还紧紧地握住了单有良的手。

师长卖马

徐全庆

马队无精打采地向前走，全无一点儿战马的威风。也难怪，人每天都只能吃半饱，哪有粮草喂马呢？赶马的司务长也是垂头丧气的样子，步伐显得十分沉重。

师长喊住司务长，说，怎么，舍不得这些马？

司务长点点头说，它们可都是咱们的宝贝呀。

可咱们也不能让战士们饿着肚子过年哪！抓紧时间把它们全卖了。师长这样说时，语气非常坚定。

司务长应了一声，继续往前走。师长柔柔的目光抚摸着那些马，突然，他又喊住司务长，问，怎么只有十二匹马，我那匹白马呢？

司务长用乞求的目光望着师长说，咱总得留一匹马吧。再说了，那匹白马可是立过无数战功的，还救过您的命呢。求求您留下它吧。

胡闹！师长的脸严肃起来，指着那十二匹马说，它们哪个没立过战功？单单留下我的马，其他人怎么想？拉去一起卖了。这是命令！

太阳落山时，司务长回来了，十三匹马卖掉了十二匹，只有师长的白马没有卖掉。师长疑惑地望着司务长问，这匹马会没人要？

没有人肯买，我有什么办法？司务长不看师长，低着头嘟囔道。

明天再去卖。师长语气十分坚定。

第二天仍没有卖掉。

第三天也没有。

师长纳闷。司务长再去卖马时，师长就偷偷地跟着。有人问价钱，司务长没好气地说，两千块。那人摇摇头，走了。师长走过去，盯着司务长说，两千块——你以为你卖汽车呢？再有人来买，只准要六百，多一个子儿都不行。师长说完，又狠狠瞪了司务长一眼，才转身离去。

晚上，司务长又把那匹马牵回来了。司务长说，六百也卖不掉。

师长说，明天再去，卖五百。

可仍然没有卖掉。

之后，价钱一降再降，那匹马却仍没有卖掉。

就有人议论，说师长并不是真的想卖马，只是做个样子。

师长生气了，亲自去卖马。师长牵着白马站在路边，很多人都主动和他打招呼，可没有一个人买马。师长更加疑惑。

这时，一个操着河南口音的人走过来，师长拦住他问，买马吗？那人打量了一下师长，又打量了一下白马，问，多少钱？

两百块。师长说。

两百？那人以为自己听错了，这么好的马只卖两百？我买了。那人说着，连忙掏钱，可却发现没有带钱，满脸遗憾地说，我身上只带了一点零钱。

师长问，零钱有多少？

只有三十多块钱。

行，卖给你了。师长说着，把马缰绳递给那人。

那人一脸惊喜，连忙把一把零钱塞到师长手中，抓过马缰绳就要走。

站住！躲在一边的司务长跑过来，大喝一声。

那人吓得一哆嗦，马缰绳掉在地上。

司务长说，你知道这是谁的马吗？这是我们彭雪枫师长的马，彭师长还得靠它打鬼子呢，你怎么能买彭师长的马？

那人望着师长，问，您就是曾经驻守在河南桐柏山下的彭雪枫师长？

师长点点头。

那人把马缰绳递给彭雪枫，您怎么可以没有马呢？这马我不能买。

彭雪枫把马缰绳又塞到那人手中，说，这马已经卖给你了，我再把它要回来，那我彭雪枫成什么人了？彭雪枫说完，快速离开了。

第二天天刚亮，彭雪枫突然听到一阵战马嘶鸣声。彭雪枫正在发愣，卫兵来报，咱们卖出去的十三匹战马全回来了。

彭雪枫跟着卫兵去看，只见十三匹战马昂首立在风中。他那匹白马背上有一封信，信上说：彭师长，我把这十三匹战马全买回来了，现在再卖给您，您要付给我的是打胜仗，越多越好。

饥饿的歌声

陈力娇

米粒初中毕业，暂时没有工作，待在家里和母亲做土豆包包。

土豆包包做起来很烦琐，且费时费力。米粒不情愿，却苦于母亲严厉的眼神。

这天米粒来了解救的人，是街道的曾阿姨。曾阿姨一来，母亲绽开笑脸迎了上去。曾阿姨对母亲说，听说你家米粒歌唱得好，我是特地来请她——水城之夏音乐会，想让米粒拿头彩。母亲一听乐了，说，我家米粒唱得是好，但是你们那里供饭吗？米粒一走，土豆包包没人做了，我家还有等着吃饭的呢。曾阿姨忙道，就是因为供饭我才找米粒的。我知道你家困难，粮食不够吃，米粒去练唱，半个月就可以给你家省下六斤粮，那要顶多少土豆包包哇！

母亲不吭声了。曾阿姨是街道主任，一条街道几千户人家都归她管，母亲就是满心的不愿意，也不敢说出口。

第二天米粒去练唱了。米粒的嗓音高而圆润，一般歌曲都是原调唱，唱郭兰英的《我的祖国》，根本不用降调，又柔又软，余音悠长，懂行的人闭眼一听，俨然在品尝郭兰英甜美的歌声，

摆渡

不由得对米粒刮目相看。

曲音一落，乐手们放下手中的乐器都不吭声了。他们完全陶醉了，他们被这小姑娘的歌声征服了。

曾阿姨站在一旁，把这一切都看在眼里。她虽不懂音乐，但米粒唱得好她还是知道的，乐手们发了愣她还是看得出来的。曾阿姨就当即许愿，米粒好好唱，音乐会若一举夺魁，阿姨推荐你去文工团。

曾阿姨的话，搅动起米粒的心思，她做梦都想上文工团，那样她就不用天天做土豆包包了。米粒高兴得唱了一首又一首。

米粒一时间成了明星。大家吃饭的时候都愿意和米粒挨着，问她什么时候开始喜欢唱歌的。米粒一一回答，却也神不守舍。食堂里吃得好，每顿一个菜，两个馒头，米粒就想到了哥哥。哥哥瘫痪在床，从没吃过白面馒头。米粒一想到他，就吃不下去了，就和曾阿姨提出，能不能把自己的另一个馒头，带给自己的哥哥。

若是别人，曾阿姨不会同意，但是她是米粒，音乐会最有希望的歌手。曾阿姨就点头了。从这天起，米粒每顿都吃一个馒头，把另一个馒头留给哥哥。

一个馒头很快就消化完了，米粒会很快感到饥饿，但她会转移方向，她一饿就唱歌，一唱歌就什么都忘了。这办法很帮米粒的忙，既赶跑了饿，还把歌越练越好，米粒成了大家的宠儿。

一转眼，水城之夏音乐会临近了，排练也在紧锣密鼓中进行。这天彩排，实际就是领导检查节目。曾阿姨对彩排十分重视，她说，主管文化部门的副县长前来观看，文化局长也要前来观看，这次演出，不亚于正式演出。米粒第一次上台，曾阿姨鼓励她，好好唱，县长看你唱得好，会特批你去文工团。米粒是个孩子，只要能去文工团，她什么都不害怕。

米粒的放松果然让她声名鹊起，歌声像一只漂亮的鸟，飞向在场的每一个人的心，久久挥之不去。县长上台和演员合影时，特意拉过米粒，问寒问暖，还让摄影师特意给他们合了一张。

曾阿姨对米粒的表现，别提多高兴了。

三天以后音乐会开始了。演出排在下午。曾阿姨为增加演员的士气，中餐特地由馒头改成面条，又特地把米粒和一个小演员单独安排在一张桌上。可是那小演员突然肚子痛，面条都没吃，青着脸回去了。米粒很惋惜那碗面条——若是馒头，她会给哥哥留着。

小演员突然掉队让曾阿姨很是不悦，但一想到有米粒顶着，能一俊遮百丑，曾阿姨心头的乌云也就散了。可是事情往往不遂人愿，往往都是指儿不养娘，指地不打粮。谁都没想到这么有优势的米粒，会意外地把这次演出搞砸了，米粒在演唱时高音区根本就没上去，而且声音暗哑，还出现了岔音儿。

曾阿姨失望了，当时就撂了脸子。米粒自己也失望，下了台妆都没卸，一个人哭着回家了。不用说去文工团的事也泡汤了。

米粒又开始做土豆包包了，任谁也问不出她失败的原因。

一直到十年后，米粒考上了音乐学院。偶然的一次机会，米粒遇到当年的一位乐手，乐手请米粒吃饭，席间问起了这事，米粒的神情怅然了很久，才说，那碗面条，扔了真的太可惜了。

乡村运动会

吕啸天

游有充到粤东山区麻石村挂职的第一天，村主任老魏找到他："再过两天就是'五一'节了，镇里开运动服装厂的一位老板给村里捐两千元和一批运动服，让我们搞一场运动会。搞比赛在这穷山村还是第一次，乡亲们报名参加的热情不高，喊破嗓子就来二十人，临近比赛了又有三个找理由溜了。人少不像样，你顶上。"

"这是好事。"游有充一口答应。游有充是市发改局的一名副科长。市里推出扶贫直联制，他被分配到麻石村任村主任助理，帮助村里与乡亲们早日脱贫。

运动会在村里晒谷坪上的水泥地举行，项目是男女两组四百米短跑，在五十米长的跑道上跑四个来回。年近三十的游有充个头不高，身板也不壮，文文弱弱的书生样子，但是一上运动场，却像一匹吃足了料、养足了神、等待多时的烈马，发令枪一响，整个人就像箭一样射了出去。两个来回，游有充就把对手甩得远远的。比赛结果，游有充以绝对优势取得了男子组的第一名。他把得到的三百元奖金交给乡里的办事员，买了一批作业本送给乡小学的孩子。

"种地的竟然跑不过长年坐办公室的？"老魏不敢相信也无法接受这样的事实，但是整个比赛他都在现场，他又不得不接受这样的事实。比赛一结束，老魏有些失态地拉着游有充的手连声问："游助理，你是不是体校出来的？"

"我上的是农业大学。"游有充笑着对老魏说，"体力好那是平时运动的结果，每周打三场羽毛球。这次拿第一名，我想有两个原因：一是来的人不多，二是乡亲们让着我。"

游有充的谦虚并没有令老魏得到安慰。"村里乡里是穷一点儿、苦一点儿，但是几根穷骨头还是有的。"这是老魏的口头禅。说白一点儿，就是说村里穷生活苦，但是做事的志气力气还是有的。对于种地的人来说，力气就是本钱。现在看来，这样的本钱也比不过城里人，这一场运动会令老魏唯一的优越感大受打击。

老魏决定再搞一场运动会。他再次去找那位老板，请他捐了五千元。这一次老魏做足了功夫，派办事员挨家挨户去动员："这次比赛第一名奖金一千元。"老魏还想起村里有两名运动高手：一个叫黄大根，中学时还代表学校参加县中学校运会，拿过第三名；另一个叫祝猛闯，是一个篮球好手。为了显得郑重，老魏亲自登门动员这两人参赛。

黄大根已几年不种地了，开了一家杂货店。老魏夜里去的时候，喝得满脸红光的黄大根嘴里叼着烟和另外两男一女正在搓麻将。听老魏说明来意，黄大根丢给老魏一根烟，头也不抬说："参加比赛那都是老皇历了，这次我就不去凑热闹了。"

"你不去也得去。"老魏怒了，恶声道，"你得去给村里争光。"

黄大根这才站起身，指着自己的肚子说："你看看，我这个样子还跑得动吗？"黄大根的大肚腩像六个月的孕妇。

老魏又惊又急："你这是怎么搞的？"

黄大根叹了一声："这几年没种地了，开了店，动得少，天天吃吃喝喝的，肚子就大了。"

老魏长叹一声，又去找祝猛闯，但是吃了闭门羹。邻居说，祝猛闯住院了。祝猛闯两个孩子到城里打工，挣了钱寄回来，这几年生活好了，大鱼大肉没少吃，精瘦的祝猛闯吃成了胖子，也吃出了一身病，血压高，血脂高，还有糖尿病。

老魏感到很无奈，但他还是想证明村里穷骨头还是有几根的。他想了几天，把这次庆国庆的运动会项目改为爬山。包括游有充在内的三十人参加了比赛。地点选在村北大青山一千米的高峰，第一个到达山顶者为胜。比赛开始进行得热火朝天，男女老少争先恐后朝山上爬。一小时后就出现令人不想看到的场景：有十多人爬不动了，坐在地上喘气。几名中年妇人很无奈地说："以前进山割草打柴，挑着上百斤的柴草还能走十几里路。现在空着手走路，竟走不动了。"

最早登上山顶的是一位年过七旬的老人。那是一位老猎户，后来改行做过十多年的护林员。游有充是第二个登顶的。后面的几个走走停停，用了一两个小时才完成比赛。

老魏心里感到有些悲哀，暗叹：村里的穷骨头也没剩几根了。

过春节的时候，市发改局准备了几十桶油、几十袋米让游有充带到村里发给一些农户。游有充把这些物品拉到市场卖了，再自己掏了两千元合在一起，买了一批运动器材安装在村里的晒谷坪上，有空就发动村民去健身。

上大学去

范子平

我们从没有做过上大学的梦，因为我们村从来就没有出过一个大学生。不过我们不上大学但一般都上小学，可是这小学上得又不安稳，谁的家里要用劳力马上就叫他们的孩子辍学。所以，我们一个班在一年级时有十三个人，到了五年级，就剩下我们五个了，都姓王，都是本家自己人，还是王连喜的班长。没有我们不敢办的事，都说我们"捣蛋得欺天"，就连班主任也气病了，回城去看病再也没回来。过了好几个星期，学校就换了同村同族的王敬民来教我们。王敬民三十多岁，高高的个子，别看他比我们大十几岁，却是我们的晚辈，论辈分我是叔叔，王连喜他们四个就是爷爷了。王敬民上课讲得很有意思，总而言之就是故事开路，先吸引住你再往下听课，这个我们真的很欢迎。可是他叫做作业我们就不高兴了，因为我们已经两年没有做过作业了。他给我们几个人都打了不及格分又在课堂上批评，我们可就恼火了。王连喜就喊，过来，过来，我是爷爷我叫你。王敬民无可奈何，因为我们村就一个族，村里老人对辈分还挺重视的。我们几个就越发调皮，齐喊，王敬民马上来！王敬民只好过来按照我们的要求把腰弯下，我们伸出食指和拇指弯成一个圆，每人在他头上弹了一下。

第二天来上课，王敬民突然说，你们想不想上大学去？上大学去？这是不是那天我们在他头上弹时下手太重把他弹成了神经病？我们会有上大学的命？再说我们才上小学五年级，跟大学还差着十万八千里。我们就笑嘻嘻地说，想是想，就是太空想。王敬民一下子摆出了晚辈人的随便来，大喊，走，咱上大学去。

没想到王敬民真的领我们去大学了。这所大学还是全省很有名的一所大学，只是没有在市里，在距离市区十多公里的地方。首先那个大门就气派得叫人吃惊。门岗在屋里并不出来，汽车来了电动栅栏门会缩起来让路。王敬民经过一番交涉，领我们走进了大门（王敬民交涉时，我们才知道他的高中同学在这里当老师）。嗨，还真是从没有见过这样好的地方！绿茵茵的草地上伸着长颈灯；路边一丛一簇的鲜花沁人心脾；石板铺就的甬道上青年人三三两两拿着书本散步；高大的楼房上美丽的玻璃幕墙像是神话中的宫殿一般；教室里，大学生们看着大屏幕电脑听老师讲课；图书馆里，好家伙，一格格一柜柜的书本快把我们的眼睛看花了；电梯呢上上下下头脑有些晕乎像坐飞机一样；实验室里，瓶瓶罐罐还有不知名的仪器高高低低，酒精灯吐着蓝色火苗；还有广阔的体育场，篮球足球排球在飞上飞下……大学真大啊，大学真美呀，我们的心震撼了，小脸严肃起来，一种莫名其妙的激动在血管里膨胀。

王敬民说，咋样？

王连喜说，这个……这个……真是比天堂还好。

我说，让我在这个地方过一天就美啦。

王敬民说，这里边出来的大学生，机关、学校、工厂、解放军都抢着要，为啥？人家有本事。像咱，开后门人家也不要。比方咱村的支书，又是送礼又是说好话，儿子才安排到县电缆厂，还下了岗。这所大学的毕业生，挺起胸膛做人，到处有人抢。自己饭碗铁不说，还光荣，对国家贡献大！像咱借的县农场的自动收割机，就是这里发明的。那算是小发明，大小发明这里一年几百项！你们想在家窝窝囊囊过一辈子，还是想上大学，做大事，过城里人的好日子？

我们一时忘了自己的长辈身份，一起回答，想上大学！

王敬民说，那就好，上大学就得好好学，认真听讲；往心里听，认真做作业，往心里学。得靠你自己用心，得靠你自己吃苦！

当我们琅琅的读书声响彻在小村上空时，去地里劳动的好多人拐到这里看热闹，说，王敬民真有本事，咋把这几个捣蛋泥猴制伏了？

一晃六七年过去了，我们这一班的五个同学，真的都考上了大学。每年过年回家的时候，我们都去看望王敬民老师。我们规规矩矩，恭恭敬敬。王敬民老师开玩笑说，别这样，你们还是长辈呢。我们全都不好意思地笑了。

古铜上身白上身

刘 齐

夏日游西山，在半山腰遇暴雨，天地漆黑恐怖，不时也亮一两下，却更恐怖，是闪电嚓嚓往地面钻，伴着惨烈的炸雷声，不知会劈了哪棵树。但我是安全的，我躲在一家农民开的茶馆里。

深山老林，生意不是很好，一些桌椅摞起来，腾出地方摆杂物，东一堆箱子，西一堆木板，看上去就不大像茶馆。四五个于附近修路的山民也在屋里避雨，他们光着膀子，热热闹闹打扑克。我不好意思白坐，买了两支雪糕，边吃边观战，兼与店主聊天。店主姓赵，和玩牌的山民很熟，也光着膀子，脸黑，长相老，我险些管他叫大爷。从前当知青，碰见老农，我们都喊大爷。一问，老赵才四十出头，比我还小。手指粗糙，也灵巧，卷一支烟玩似的。点燃，久违的旱烟味弥漫开来，亲切，呛人。

"这一带打雷劈死过人吗？"我问。

"没有。"老赵说。

"林子里有蛇吧？"

"有，可是胆小，人一趟草棵子，它就吓跑了。"

又是一声巨雷炸响，雨幕中有三个小伙子跌跌撞撞，钻进茶馆，全身统统湿透，滴水，但仍不失文雅、清秀、好体型。不像落汤鸡，像大学生，也像公司白领。卸下时髦的，亦即大兜小兜特别多的那种旅行背囊，掏出手机、数码相机，检验，没淋着雨，轻置桌上。迅即又拿起，抹一把桌面，无尘，再抹一把，重新放妥。

老赵起身，打招呼，没人应声。走到墙角椅子摞儿那儿，拆出两把送过去，没人坐。老赵不见外，关切地说："快把小布衫子脱了，拧拧水。"

一个年轻人终于接话，却不言谢，只说了两个字——"知道"。

老赵有点讪，退回牌桌旁，给一个老哥支招儿："你那个2留着干啥？调主！"

年轻人褪掉 T 恤衫，露出白花花的嫩肉。拧衣服，把水弄得满地都是。拧完坐下，迟疑，似乎找不出适当词语，跟另一侧的人交流，待着没事，但仍旧待着。

我有些遗憾，心说小兄弟，你们平常总窝在城里，难得见一回山里农民，多少得打声招呼啊。你们不必学当年我们那批傻知青，逮谁都叫大爷，张口闭口接受贫下中农再教育。你们也不是杨子荣，无须一进门就唱，老乡，我们是工农子弟兵。然后四下撒目，找水缸，找笤帚，给老百姓挑水扫地。离此地不远的山沟里，有一块巨石，上面刻着一些繁体大字，是昔日北平学生，到山里鼓动民众抗日救国的遗迹。时过境迁，让你们依葫芦画瓢，给打扑克这几位宣讲一下国际形势，也未免太矫情。但是，你们总不能大眼瞪小眼，一言不发呀。即使问一问贵姓，说一说自己免贵姓什么呢，也能让空气融洽一点。

三个小伙儿虽不是子弟兵，但也四下撒目，看到灶台旁有一个水龙头，就过去打开，哗哗洗手。老赵听到响动，扭头瞥一眼，没吱声。

雨一直不停，水龙头也不停。

小伙子轮流洗完手，改洗上身。洗完上身，洗腿。还好，没把大泥脚伸到池子里，而是双手掬水，哈腰，反复冲涮不已，地上汪的水就更多。

这时，老赵又开口了："哎我说，差不多得了，这儿的水贵，一吨六块钱呢。"

说完，有点不好意思，低声跟我解释，他们那个管子，连的是自家小蓄水池，由别处一桶一桶往这儿运水，用小拖，就是蹦蹦蹦，一颠乱颤的那种手扶拖拉机。

年轻人仍不搭腔，连"知道"这样简洁的话也不再说，继续洗。

我觉得不大对头，年轻人啊，此刻，我多么希望，你们能像古代进京赶考的潇洒才子，或者时下青少年喜爱的虚构侠客那样，摸出一把碎银子（整锭的纹银更好），往桌上一拍，大大方方抱拳说，店家，多有打搅，在下这厢有礼了。除了水资，再弄一桌饭，好酒好肉尽管上！没有肉？把那个纸箱里的方便面泡几碗也成。

我这么想，虽然比较酷，却似乎有欠公平，我自己才买了两支雪糕，怎么好要求别人大把花钱？但是我的朋友，你们回老赵一句话，省点用水总可以吧？反正回到城里，你们还得洗一遍。现在不时兴上纲上线，往死里分析，但这个事毕竟不同，这好像不是几个钱的问题。

作为一个在乡下待过几年的城里人，我认为，我应该表示点什么，于是，就张口表示，谁知说出来的依然是钱——"你们进茶馆，得消费呀，哪怕买一瓶矿泉水呢。"

一个小伙子瞅瞅我，我晒得黑不出溜，跟老赵肤色差不多。

小伙子说："我们自己有矿泉水。"

另一个小伙子说："无所谓，再买一瓶吧。"

三人擦干身子，买水，恢复沉默。

杂乱的厅堂里，一群青白色的上半身，跟另一群古铜色的上半身各处一方，既俗且雅，亦动亦静。

这三位，没准儿是生性腼腆、不爱说话的人。或者刚才打雷，小哥儿几个受了惊吓？我暗自猜度，再不就是呼吸道娇柔，闻不得旱烟味。可是烟再呛，也比在外面挨浇强啊。何况，你们中的一位，现在也叼起了烟卷。

雷息，雨弱，一丝丝的，聊胜于无。一个白上身出门，在庭院里转一圈，隔窗唤同伴："快出来，墙根儿那儿拴一条狗，巨漂亮，黑背，德国种。"

另两个白上身收拾好东西，匆匆离去，未跟古铜上身道别。

很快传来犬吠声，人的抚慰声，是白上身在跟狗合影。

老赵猛喝一嗓子，狗安静下来。

白上身出院，发现树枝上挂一荆筐，筐底垫绿叶，盛红樱桃和黄花菜，还盛晶莹雨珠，极其艳丽可爱。

一白上身驻足，怯生生问屋内："那什么，卖不卖？"

一古铜上身答："那什么不卖，是给我孙子摘的。"

众古铜上身笑，洗牌，旱烟味更凶。

下山路上，远远的，我又望见三个白上身。

他们嬉戏，打闹，青春灵动，一改在茶馆时的窘态，看来并非是寡言羞涩之人。

以眼前的举止推断，他们若有机会上电视，一定会像观众见惯的其他年轻面孔一样，开朗主动，谈笑自如，间或幸福地大叫：耶——真 High！遇美眉，见上司，访网友，相信他们也一定善于沟通，妙语连珠。他们甚至会说英文、法文、弗拉芒文，就算欧美的老外全扑上来，估计也能从容应对，广为交际。

天放晴，盘山道水汽氤氲，三个小伙子隐入树丛之中。

太阳从西边放光，射向山脚下的京城，有的楼群清晰可见细部，有的楼群一片模糊。

百 孝 书

伍中正

在武陵，能写字并称得上书法家的有两个：一个是宋金，一个是曹匹。

宋金在机关坐办公室。闲时，除了看报喝茶之外，尝到了写字的乐趣。每天午休时，没人打扰，他在办公桌上展平看过的报纸，手提笔，笔蘸墨，就在报纸上练字，一直练到下午上班。

不练字前，那些报纸，宋金都是捆好后提到废品店当废品卖。后来，他把那些练过字的报纸捆起来，再提到废品店卖。老板对宋金不满，说，宋金，下回，你写过字的废报纸，再不要提来了。

宋金问，为啥？

老板说，卖不出去。

宋金一笑，说，老板，往后，我送你一张我写的书法，抵你卖一车废报纸。老板摇摇头，不信。

以后，宋金再不去废品店。那些练过字的报纸，他让打扫机关卫生的老王提走了。

宋金坐了五年办公室。五年内，在职位方面，没有一点儿动静，倒是字写出了名。

宋金写字，专长写一字，一字写百体。外行人笑话他，一个字横来竖去地写，不就一个字？内行人见了，佩服不已，称宋金将来肯定是大师级人物。一听这话，宋金脸上就挂笑，就有一种满足。

宋金最得意的百字就有好几个。他写过百"德"，写过百"佛"，写过百"水"。后来，他寻求发展和突破，把十二生肖依次也写了个遍。宋金最看重最拿得出手的是他的百"牛"百"马"，还有百"龙"。

宋金的百"牛"写毕，有个老板暗暗跟他出五位数，愿意买走。宋金摇摇头，不卖。他把那幅百"牛"挂在卧室自我欣赏。宋金女人知道这事，埋怨宋金，说宋金的百"牛"挂在屋里，一点儿也不牛，等于废纸一张。话语中，有冷嘲热讽的意思。宋金不跟女人计较。

写了很多年的字，也写了很多的字。宋金想，在武陵，怕没人与自己较劲，一比高下了。

宋金错了。敢跟他一比高下的有，那人是曹匹。

曹匹，南坪人，少年丧父，中年丧妻丧母，膝下无子。

曹匹习书，不贪多。他最爱习百字，也就是他常把一个字写成一百种笔法。还有，他最爱写的字就是"孝"字。曾经有一段时间，尺幅之间，他写的"孝"字，无论大小，绝对拿得出手，他对他的"孝"字非常满意。

在南坪，曹匹名声渐大。

南坪中学的校长找到他，说中学里虽人才济济，但教书法的老师没有，他想请曹匹先生到南坪中学为学生讲一堂书法课，一来让学生开开眼界，二来也提高提高曹匹先生的知名度。

曹匹想，也行。于是欣然答应了校长。

那一天，曹匹去了。偌大的操场上，置了一块黑板，黑板上贴一宣纸。黑板前，还放了一讲台，讲台上笔墨俱在。讲台下，是席地而坐的学生。

讲课时，曹匹没有忘记丧父的苦痛，虽然人到中年，他把"孝"的内涵讲得操场上的同学差不多都哭了。然后，再讲结构。最后书写。很多同学为他写的"孝"字不停鼓掌。课毕，他把自己写的那个"孝"送给了唐云。

那天，唐云跪在曹匹跟前，跟他要那个"孝"字。一时，曹匹觉得奇怪，好几百学生，就唐云一人要字。曹匹二话没说，给了。

那一刻，曹匹有了一种快乐。

那年秋天，曹匹丧妻。出殡前，曹匹烧了妻子用过的衣物。唐云过来，从书包里拿出那个"孝"字，反复地看。曹匹见了，顺手往火堆里一丢，那个"孝"字倏地化作一团青烟。

唐云跪在曹匹身前，连磕了三个响头。磕完，唐云泪眼模糊地说，往后，愿意照顾曹匹叔。曹匹一听，眼中泪水打转。

一段时间，曹匹不写一字。原因是，曹匹娘肝癌晚期，曹匹心思不在写字上。

曹匹日夜照顾娘。为给娘治病，曹匹欠下了债。躺在病床上的娘很感动，也很无奈。娘说，曹匹，娘的病拴住了你，让你揪心。娘相信，你为娘熬药的手，会把字写得更好。娘在那边会看着你写字的!

曹匹一听，泪水涌出。

半年后，曹匹娘咽气。咽气前，曹匹抱着娘哭。

曹匹半带哭腔说，娘，苦了一辈子，往后看不到曹匹的字了。

娘走半年后，曹匹想，写一回吧。

曹匹非常自如地写了幅百"孝"，一百种笔法的"孝"字，浑然天成。然后，他把百"孝"藏在了柜里。

宋金跟曹匹是在武陵书展上认识的。那天，书展共展出了上百幅作品。那些作品中有宋金的百"牛"，有曹匹的百"孝"。两幅字挂在一起。

宋金站在曹匹的作品前，不说话。

曹匹站在宋金的作品前，不说话。

看完书展出来，宋金跟曹匹小声说，曹匹，我的字是用名利之心写的，属劣作；你那百"孝"是用孝悌之心写的，属精品。

曹匹看着宋金，良久，曹匹问，真的？

单眼皮，双眼皮

红　酒

小妖儿生就单眼皮。

单眼皮也没什么不好，可小妖儿愁啊，她愁自己的眼睛不够大不够亮，电力不猛。

都说爱臭美的女孩子会把自己一天里的三分之一时间奉献给镜子，人家小妖儿不这样，小妖儿几乎分分秒秒都在镜子前跟自己的单眼皮较劲。

小妖儿的妈妈老妖儿对女儿有这样的想法实在是有点想不通。她说，妖儿，你这种类型的眼睛叫丹凤眼知道不？以前有个电影明星就是这样的单眼皮，迷死人了。小妖儿盯着老妖儿，赌气说，妈你忒自私啊，你的眼睛那么好看，怎么把你女儿生成单眼皮？你还是不是我亲妈？

老妖儿哭笑不得，重新把女儿看过，越看越觉得小妖儿不像自己，这丫头，不会是抱错了吧？老妖儿被自己突如其来的想法吓了一大跳。妖儿你就不必太在意自己的眼睛了吧，如今像还珠格格那样的双眼皮咋看咋觉得二乎，俩眼像探照灯，除了大还是大，一点内容也没。老妖儿一如既往地这么苦苦相劝。

小妖儿不以为然，合着老妈你站着说话不腰疼，就说莫小米吧，她在闺密中眼睛最大，眼皮不光双，是重重叠叠好几层的那种。即便不说话，也是眼波流转，楚楚动人，眉眼间尽显柔媚与风情，哪点儿二了？老妖儿哑口无言。纠结！一家两代人为眼皮的事儿莫名纠结。

家居城郊的大眼睛莫小米养了八只鸡，散养，天明开圈放鸡，傍晚鸡回窝。小米说这样的鸡叫走地鸡。小妖儿一直对这个称呼心存疑虑，哪只鸡不是走地鸡？不在地上好好走在空中飞的那叫鸟。莫小米一口咬定走地鸡就是散养鸡的别称。小妖儿无奈地说好好好，走地鸡就走地鸡吧。

莫小米家的八只走地鸡一公七母。七只母鸡无比勤奋，争先恐后地下蛋，最起码每天能有六枚鲜蛋犒劳主人。每天莫小米都会对着鸡蛋眯着眼睛数上一数，尽管筐里的鸡蛋打眼一望就知道有几枚，可莫小米还是要一个蛋一个蛋不厌其烦地数。数鸡蛋成为一种乐趣。

一个人的乐趣不是乐趣，莫小米就给小妖儿电话说来吧来吧来数鸡蛋玩。一天就那几枚蛋数啥数？无非是找个由头乐和乐和。于是，小妖儿专程来到莫小米家。

小妖儿极向往这种田园生活，看见窗台上有个精巧的藤条筐，里面有新鲜的蛋，羡慕死了，来不及数，端起筐就说看看看，敢情莫小米你天天吃的都是自己下的蛋哪。

莫小米乐得直不起腰，说小妖儿你的表述有问题啊。边说边拿出两枚鸡蛋一左一右放在自己的眼睛上，说小妖儿，用新鲜蛋这样暖能使眼睛变大变亮哦。

小妖儿信以为真，仔仔细细端详着。那蛋肉粉色，上面似有一层晶莹的粉裹着，拿在手里，鸡妈妈的体温还未曾消退。小妖儿迫不及待地把两枚蛋贴在自己的单眼皮上连声说，谁说的真的假的没骗我吧我不信……小妖儿，这话还叫话吗？语无伦次，典型的表述不清。

莫小米哈哈大笑，弱智呀小妖儿，双眼皮要真是这么练成的，我就办个养鸡场，挨着鸡舍就是美容院，刚从鸡屁股里出来的蛋直接就放在渴望自己变成双眼皮的美女的脸上，这叫鸡蛋疗法。

小妖儿说去死吧，不理你了。小妖儿整天整宿想的就是眼皮的事儿，直到有一天，小妖儿见到了周冬雨。

奥斯卡影城里正在热映《山楂树之恋》，那周冬雨眼睛不大，标准的单眼皮，笑起来眼睛弯弯的真好看，如山涧溪流，浑身洋溢着清纯可人的气息。人们一边陪着她在电影城里抹泪儿，一边还红肿着眼睛夸她模样俊俏，清纯脱俗，尤其是那双眼睛，一点尘世间的杂质都没，像个精灵。

细究起来，《山楂树之恋》的火爆是因为周冬雨，而周冬雨的迅速蹿红是靠一双很个性的单眼皮赢得了人们的青睐；人们既然青睐她，也就是突破了双眼皮是衡量美女的唯一标准——小妖儿这样推理。

当手不离镜的小妖儿在一天当中无数次地打量过自己的单眼皮后，猛然觉得周冬雨跟自己超级相像。以前别人怎么说，小妖儿都死心塌地地不信。闺密莫小米的双眼皮好看，小妖儿的单眼皮也美丽。桃有桃红，柳有柳绿，各有各的风景和味道。爱臭美的小妖儿就在那一刻豁然释怀。啥事怕想明白，小妖儿终于明白了。从此，闺密们把她叫成了"周冬雨"。

周末，小妖儿邀莫小米去游泳。两人像美人鱼在游泳馆里你追我赶疯了大半天。当晚，小妖儿觉得左眼不适，痒得难受，对着镜子一看，眼睛红得像兔子。

乐极生悲，小妖儿染上红眼病了。丹凤眼肿成一条线，痛痒难耐。一周后，好了左眼，右眼又红，又是新一轮的痛并痒着，没一点新意地继续折磨着小妖儿。

前前后后折腾了将近半个月，小妖儿的红眼病终于彻彻底底痊愈了。可让小妖儿惊讶的是，两只眼睛都被红眼病闹腾成了双眼皮，还不单单双一层，双好几层，比莫小米还莫小米。

小妖儿心中有种难以名状的滋味。单眼皮，双眼皮，郁闷了许多年，结果歪打反成正着，小妖儿突然成了电眼美女，山寨版"周冬雨"不见了。

不过，双眼皮的小妖儿又开始惆怅了。她总觉得这个大眼小妖儿不是自己，陌生得很。

枪 王

胥得意

　　就在新兵老兵汗淋淋地背着枪唱着歌从操场上归来的时候，中尉出现在了连队的门口。踏步的队伍立定后，向左转。中尉正好在队列前站着。

　　干部科的干事指着中尉说这是新来的指导员。连长从队列一旁跨出，三步并成两步。连长的手握住了中尉的手。

　　连长一脸的欢迎。在干部科干事介绍过中尉的经历和优点之后，连长的掌声就像是点燃了爆竹一样，连队的门前响起一片掌声，经久不息。中尉的脸被掌声击得通红。中尉把左右两侧的眼镜腿正了两下后，又在鼻梁上推了一下。中尉点了一下头，算是和战士们认识了。然后，中尉退到了队伍的尾上。

　　战士们在值班排长"解散"的口令音还没落时，大喊一声"杀"后，一下子就散在了楼里。中尉在连长、排长们的陪同下往楼里走。

　　老兵端着一盆水从走廊急急地走。水珠从盆里跳出来，在中尉的脚前溅成了水花。"急什么你！"连长吼。老兵刹住身，放下盆，贴墙站住，便一动不动，紧绷着嘴。连长拿手指在老兵眉心处用力点了一下后和中尉一起往楼梯上迈。中尉回头看了一眼，老兵吐了下舌头，把拇指和食指弯成两个圆圈罩在了眼睛上。中尉心中顿时有了一种被枪刺扎了一下的感觉。

中尉在不到一周的时间内已经把老兵从家庭到爱好了解了个透。其中仅有的一次和战士洗澡时，中尉还发现老兵的肚脐处有三个痦子呈三角形长着，一大两小。大的像黄豆般，小的如绿豆般，左边的小痦子上还长了一根一厘米长的毛。由此可见，中尉对老兵是相当"关心"了。同时，中尉还发现，老兵在连队有着极高的威信。可以说，一呼百应，包括连长也高看他一眼。因为老兵的档案里装着三个三等功。团里、师里、军里三级比武，都是第一。在他班里待过的兵，再孬的军事训练在连队也能排个前十名。老兵跑五公里时，在腿上缠两个沙袋落下谁几百米不叫欺负人。尤其老兵打枪，瞄七不打八，说十不是九，指哪打哪。人称枪王。老兵的缺点就是文化少，脾气暴。中尉每次见了老兵都笑。老兵感觉就是皮笑肉不笑那种笑。有时笑得老兵心里就没了底。

因为老兵是老兵，是连里最老的兵，老兵就要拿出老兵的架子。那次射击之后，老兵把枪在空中抛出一条弧线。枪落在了中尉手里。老兵说，让指导员给大家表演一下枪法。空气一下子凝住了。兵们愣愣的。中尉从左边正了一下眼镜，从右边正了一下眼镜，从鼻梁上又推了一下眼镜。中尉笑了："这么多人，都留点面子。"枪在空中划出了一道弧线又落在了老兵手里。

老兵一屁股坐在地上。枪托"啪"地折了回去。老兵挥手骂："你们新兵蛋子看什么热闹，训练去！"

火辣辣的太阳正当头的时候，老兵的枪膛里的子弹在靶子的中央穿出五个洞。老兵把迷彩帽倒扣在头上。老兵把靶子往中尉眼前一扔。老兵冲中尉嘿嘿地笑。老虎连可不养不行的人呢。

中尉接过枪。子弹清脆地响过。中尉问："我眼神不好使，打两枪服不？"

"打一百枪，老虎连也有子弹。"

通信员从远处靶沟处跑了过来。两只血淋淋的麻雀落在了老兵和中尉之间。老兵看见麻雀的眼睛已被穿得血肉模糊。

老兵背起枪走了。

"圆满完成任务。"通信员把一枚沾着鸟血的长铁钉举在了中尉的面前。中尉和通信员相视一笑。

老兵再从训练场上出现时比以前训练得还认真，辅导新兵比以前更耐心。老兵再也不允许任何人叫他枪王，只不过他一直没弄明白，指导员看似无意的两枪怎么就那么神奇地击中两只鸟的眼睛。而且有一次指导员和他唠嗑时，还讲到他肚脐处长了三个一大两小，一个长着一根一厘米长的毛的痦子。老兵觉得中尉的身上有一种威慑，尤其是习惯性地用手左边一下右边一下中间再一推眼镜，然后一笑时。

喝　茶

王孝谦

　　二十年前，伍西提与梅泽一齐分配到一个单位，又住在同一间单身宿舍，上班一起出入，下班一起蹓跶，一碗酒分着吃，一杯茶轮着喝。

　　伍西提是学茶叶专业的，每逢得了好茶开汤第一杯都要叫上梅泽一起品，他先喝一口，然后就递给梅泽喝，边喝边侃茶经。梅泽因此便学了许多茶叶方面的知识，诸如茶分绿、黄、黑、白、青、红六大类，绿茶是最受欢迎的一类，十大名茶绿茶占绝对优势；茶是越新鲜越好，只有云南普洱茶却越陈越有价值；泡茶要先烫杯后放茶叶再冲开水，而只有碧螺春是先冲水后放茶叶，等等。听得梅泽十分惊讶，原来这一小撮茶叶还有那么多学问，更让他称奇的是伍西提端起一杯茶一嗅一品就知道是什么茶且能指出其制作过程的缺陷，居然嗅得出"太阳味"。伍西提说，这是因为茶叶粗加工时，工艺上要求是把杀青揉捻之后的茶叶烘或炒至适当干度，为了节约能源工人便将其摊在阳光下晒，这就留下了比较庸俗的太阳臭。可不论梅泽怎么品也品不出太阳臭是一种什么味。伍西提说，这就是人与人的差别。

　　梅泽是学中文的，闲时也写写文章，混点稿费。后来他还成了市报一个生活栏目的特约撰稿人，用伍西提传授给他的茶的知识写成文章吸引了众多读者。一篇《女人若水 男人是茶》的文章让他获得了年度评选一等奖，单位领导和同事都夸梅泽有水平。梅泽用奖金特意为伍西提买了一包上等茶，伍西提把那包茶放在旁边，拿过梅泽的那篇文章看了看，说了句："这类胡编乱造的东西也能赚钱？"

伍西提泡茶时顺便给梅泽也泡了一杯，以后却很少再和梅泽谈茶的知识了。有时梅泽像往常一样端起伍西提的茶杯品茶时，伍西提便露出不自在的表情。伍西提悄悄地也开始写文章，投给梅泽发表文章的那个专栏，但他自以为知识含量较高的文章却发不出来。他看到一份很有名的《都市报》上的茶文章也是乱写，把青茶类的"铁观音"也说成是绿茶等，他便寄去了十余篇最后却只发了一篇。他看到自己发表的文章不但不高兴反而很气恼，近两千字的文章被编辑压缩成两三百字的豆腐块发在"小知识"栏目，标题倒没改，仍然叫"怎样识别绿茶和青茶？"梅泽也看到了伍西提的文章，但他不露声色，只是从此他也不再请教伍西提茶知识了。

伍西提在办公室冲了一杯茶，香气四溢，引来男女同事都要品伍西提的香茶。科长、局长自带茶杯要了伍西提的茶叶冲泡，伍西提热情地介绍泡饮方法，并悄悄给科长、局长说，如果好喝明天送一包给你，科长、局长都露出愉快的笑满意而去。一位涂了亮晶晶口红的女同事走进伍西提的办公室，怯怯地问："我可以喝你的茶吗？"伍西提望望她，笑着说："当然可以，我们是同事嘛！大家同喝一杯茶表明很亲热，互相信任，多好的一件事。"女同事端起杯子猛喝了一口，在杯边留下了一方鲜红的唇印。伍西提问："好喝吗？"女同事说："好喝！只是把你的杯子弄脏了，对不起哦！""这倒没什么，只是茶的吸附能力特强，要喝出茶的真味最好不涂口红。"

好长一段时间同事们都轮流喝伍西提的那杯茶，那位女同事每次出现在伍西提面前时均不再涂口红。后来那位女同事便和伍西提结了婚。伍西提在搬离单身宿舍的时候，特意泡了杯茶和梅泽一起喝，两个人眼中含泪表现出难舍难分的样子。

不久，单位要提一个副科长，伍西提和梅泽都是后备人选，领导认为两人各有优势旗鼓相当，便交给群众去推荐。结果由于伍西提群众关系好以绝对优势占了上风，领导上也就顺其自然任命伍西提为副科长。

双喜临门的伍西提还是泡了茶由同事们随便喝。过了几天，伍西提泡的茶他自己不再喝了，只管同事们轮流喝。这是妻子对他的要求，妻子说那么多人特别是男女同事一起喝茶多不卫生。多几日，伍西提实在受不了不喝茶的滋味，便泡了两杯茶，一杯让同事们喝，一杯自己喝。那天梅泽走进伍西提办公室发现了这个秘密，但梅泽没吱声，从此来喝伍西提的茶的同事渐渐少了，再后来便没有同事来喝伍西提的茶了，每一位同事都准备了自己的杯子。

当了副科长的伍西提便常常接待来访者，有的来访者见了伍西提的茶杯端起就喝，伍西提又不好发作，待来访者一走他便把茶叶倒了重泡。后来伍西提又叫后勤买了杯子放在办公室专用于接待。事务越来越多，办事者也川流不息，不停地泡茶不停地洗茶杯，杯子也经常打碎，伍西提感到有些烦，有时就干脆不给客人泡茶了。后来单位上又给副科长以上办公室发了纸杯，那纸杯散发出各种气味，泡再好的茶都不好喝，但对待来访者却极为合适。

伍西提后来又当了科长乃至副局长，梅泽也一路紧追当了副局长。原来伍西提下乡走村串户，老乡捧出有一层老茶垢的茶缸，伍西提喝得有滋有味。现在伍西提随时随地都带了自己的茶杯，公文包里随时都有茶叶，伍西提看着老乡们那些茶杯就有些恶心。梅泽捧着老乡们递过来的茶杯却喝得有滋有味，老乡们说梅局长和群众打成一片，是个好领导。

时光悄悄流逝，梅泽在群众的一片叫好声中当上了局长。

转眼到了"非典"时代，两个人喝一杯茶的感觉只能留在心里了。梅局长把伍副局长请到办公室，用自己的杯子亲自泡了一杯好茶送到伍西提手上，伍西提很不自在地坐下，把自己带来的茶杯放在旁边，苦笑着说："怎么能喝梅局长的茶杯呢？你这不是折杀我吗？"梅局长很诚恳地说："我十分感激你以前对我的帮助，我一直想和你再同喝一杯茶，找回从前那种感觉，希望你能配合！"伍西提似乎也有些感动，他端起梅局长的茶杯品了一口，感觉好苦，嘴里却连说："好茶，好喝！"梅泽也端起杯子猛喝了一口，长长地舒了一口气，叹道："好久没有这种感觉了，真爽！"

两位老同事你一口我一口，把一杯茶喝得精光，连茶母子水也没留一点，这是喝茶人的大忌，表明这杯茶不再喝了。两位老同事"哈哈"一笑，轻轻握了一下手，伍西提转身头也不回便离开了梅泽的办公室。

小镇红颜

谷 凡

小镇不是名镇，因有了铁匠铺而出名了。镇子不大，一条主街道，一头是东，一头是西，走出镇子，这条街就成了通往外界的大路。铁匠铺就在街的西头，左右两边一边是肉铺，一边是馒头铺。来打铁的人多，百十里以外的人都来打，铁匠铺每日天不亮就叮当叮当响，直到镇子里的人熄灯，叮当声才能停下。

铁匠铺门口经常站着一个小女孩，不足十岁，眼睛黑黑亮亮，扎两条小辫儿。她是铁匠的女儿，母亲在两年前去世了。女孩很乖，铁匠打铁时，喜欢看女儿站在门口，那红的火焰和蓝的火苗，映了整个屋子。

那天女孩穿一件红色棉袄，又站在父亲的铁匠铺门口，只是她没看父亲打铁，而是顺着街道，看那路上飞扬的尘土。有匹马朝镇子奔来。女孩从没见过如此快的马，心里不觉一惊，本想回屋告诉父亲一声，还没转过身，那马已经到了她的面前。

马上有一位男子，高大威武，披黑色斗篷，扎白色公子巾，腰间佩一把短剑。男子把马扔在路边，猫腰进了铁匠铺。他从身上抽出短剑，递给铁匠说：“此为好友遗物，本是两把，不料家里出事，遗失了一把。听闻师傅妙手，故千里来求。请照这把剑的模样，再打一把。"说罢，男子拱了拱手。铁匠接过剑，见这把剑的两边有很精致的花纹，拿在手里寒光闪闪，知这是一把好剑，凭自己的功夫是打造不出来的。铁匠把剑还给了男子，没说什么话，只摇了摇头，便又抢起大锤，一下一下打起了铁。

女孩看着父亲，眼睛里流露出了很渴望的神情，她希望父亲能接下男子手中这把剑。

父亲打铁的时候，从来不允许女孩靠近，她看，也是站在门口，因为距离近，父亲怕飞出来的火星把她伤了。

男子掏出银子，撒在旁边的桌子上，说："五年后的今天，我定来取，拜托！"父亲还在抢锤，并不看银子。男子看到了站在门口的女孩，不觉冲她一笑。女孩也冲他微微一笑，黑黑的大眼睛像一潭水。

男子走了，丢下银子。父亲没有看男子，男子也不看父亲，但他们之间似有一种默契。女孩想，父亲会把男子的剑打好的。

收了男子的剑后，父亲每天都要拿起看几个时辰，看完又把剑放回原处。每每父亲看剑，女孩就站在他的对面，也看剑。

五年转眼到了，女孩已经亭亭玉立，那把剑也被父亲打磨好了，只等男子来取。女孩仍旧站在门边看父亲打铁。自从男子来过后，女孩看父亲打铁时，总忘不了看一看那条跑过快马的路，那路上偶有夕阳的余晖，映衬女孩黑亮的眼睛。她总是背着父亲，对着那一片红深深一笑。那笑里，藏着她的心事。

男子要来的日子，女孩记得很清楚，那天她穿了红色的衣服，鞋子和裤子也都是新的。女孩的心情非常欢畅，笑，一直挂在脸上。

中午过后，那条路没有荡起尘土，男子没来。女孩的心里略微有点痛，但她想，男子说过来，定会来的。

天擦黑，男子还没来，女孩的心很痛，她有一种感觉，就像当年感觉父亲能把剑打好一样。

镇上的人家已经开始熄灯，男子还没来。小镇跟随人们的鼾声，开始安静。女孩这时并没有在意自己一整天都没有吃饭，父亲几次催她，她也只是说马上去吃，等她端起饭碗，却发觉自己并不想吃。

鸡开始叫，女孩还在店里等，她拿起男子那把剑，轻轻地抚摸，嗅那上面的味道，嗅着嗅着，女孩笑了，两颗亮晶晶的泪珠，落到了剑上。女孩感觉男子距离她是很近的，见他时，好像就在昨天。剑上有男子的气味和他抚过的痕迹。这对于女孩来说，是那么的重要。男子的那匹马，还有他的斗篷，那对她微笑时的神情，女孩牢牢地记在了心里。

时光催人，那把剑，已被女孩抚摩过多次，但男子还没来取。女孩的红衣服早就褪了颜色，当年的铁匠也成了老人。那两把剑还在铺里挂着。来的人都说："这两把剑多好，像一个模子出的！"早就有人出钱买剑，但父亲知道那是女儿的念想，不管多高的价，他从没动过心。

女孩等，望着那条路，一直等。当年的小镇繁华了，不光是铁匠铺，其他的铺子也多了。为了让男子能认出她家的铺子，她多次央求父亲，铺面不要改动。

她一生都穿红色，习惯站在铁匠铺的门口，但她的眼神再看那条路，只是空洞。偶有夕阳照在她的脸上，那脸已有龙钟之相。

外婆家的杨梅树

莫 美

小时候，我在乡下外婆家住过几年。

外婆家的屋后有一棵杨梅树，主干有两层楼那么高，树冠有一间房那么大。春末夏初，杨梅树上便挂满杨梅，开始是青青的，慢慢地变红，熟透了，看着让人流口水，放进嘴里，蜜一样甜。

外婆心里有两个宝贝：一个是我，一个便是这棵杨梅树。

这棵杨梅树每年能结三四百斤杨梅。杨梅摘下来后，除了自家人吃，除了左邻右舍尝尝鲜，还要浸酒，还要卖钱。外婆家每年要浸三大坛杨梅酒，外公、舅舅都不爱喝，倒是外婆每天晚上要喝一小杯。村里人说，外婆五十多岁了，看上去一点也不显老，是杨梅酒养的呢。余下的杨梅，要挑到街上去卖，三毛钱一斤，可卖六七十元钱。六七十元钱是个什么概念？在生产队里，舅舅一年能挣三千多工分，年终决算，每十个工分只能分两毛多钱。也就是说，一棵杨梅树，顶舅舅那样的壮劳力辛辛苦苦劳动一年的收入。难怪外婆要把杨梅树当宝贝看了。

杨梅由青转红的时候，外婆就天天待在家里守着。屋后有一条高墈，细伢子站在高墈上，用木棍或石头可以打到杨梅，一棍或一石头，就可以打下十几几十颗。如果无人看守，不等成熟，杨梅都打没了。即使有人守着，也难看得住。只要外婆一背脸，杨梅就可能被偷打。

带头偷杨梅的是表哥顺生，我也跟在后面。总共五六个细伢子，也不多打，每人能分上四五颗。那杨梅入口，又酸又涩，一点也不好吃，但我们吃得津津有味。外婆闻声而出，我们早一溜烟跑到了她看不见的地方，蹲下来，屏住气，听外婆骂。

外婆骂人的声音很洪亮，抑扬顿挫，有板有眼，像唱歌一样：

你些良心的鬼崽子哎——

你些砍脑壳的鬼崽子哎——

杨梅还是青的哩，你们就这样下得去手啊！

你们吃了烂嘴巴啊，坏肚子啊……

骂来骂去，也就这么几句。骂得越厉害，我们越开心。骂声停下来，反倒没味了，哄一声散了。好像我们偷杨梅，就是为了赚取外婆的骂声。

其实，外婆知道是表哥带的头。回到家里，她冷不防就会抓住表哥的耳朵，边扯边骂。有时，表哥忍不住了，就会把我供出来，说："英子也参加了，凭什么只打我骂我？"外婆就会说："英子是个妹子，又比你小，还不是你带坏的？"又问："你还带头去偷不？"等表哥立了保证，外婆也就松了手。

但保证归保证，偷还是要偷的。外婆骂也是要骂的。

外婆骂得越来越难听。我就对表哥说："我们不去偷了，不赚骂了，想吃，就和外婆说，摘几颗下来。"

表哥想都不想，就说："那有什么味？又不好吃。"有时还装出一副大人样子来："细伢子要赚骂，骂去身上的凶煞，才长得大呢。"

一回两回，杨梅便在我们的偷打和外婆的咒骂声中成熟了。

外公翻开历书，选一个黄道吉日，吆喝着舅舅和顺生采摘杨梅。到那一天，左邻右舍包括那些偷打过杨梅的细伢子，都会过来尝尝鲜。外婆显得分外高兴，总是笑呵呵地说："吃啊，多吃啊，好吃呢。"看见顺生和那些细伢子，外婆还会说："要是顺生那些鬼崽子不偷打，还要多很多哩。"外公就说："杨梅树啊，要细伢子偷，老人骂，才旺呢。"

我们这些细伢子就边吃杨梅边嘻嘻地笑。

村子里有好几棵杨梅树，但数外婆家的杨梅树最高最大，结的杨梅最多最甜。为什么呢？因为外婆家对杨梅树最好。

外婆说，礼尚往来，人也好，猪也好，树也好，都是一样。杨梅树结杨梅给我们吃，我们也要以礼相还，不然就不结果了，结了果也不会甜。

怎么还礼呢？除了春上给杨梅树施肥外，每年还要给杨梅树过年。

大年三十晚上，我们坐在火炉边，听外公东拉西扯讲故事，外婆看时间不早了，就说："该给杨梅树过年了。"外公提着酒菜，舅舅拿一把柴刀，两人蹑手蹑脚地走到杨梅树下。

舅舅在杨梅树上猛剁一刀，问道："你是什么树？"

外公就答："我是杨梅树！"

舅舅把酒倒到刀口处，问："酒好吃不？"

外公就说："好吃。"

舅舅又把菜倒到刀口处，问："菜好吃不？"

外公就说："好吃。"

吃喝之后，话题转换，还是一问一答。

"你结不结杨梅？"

"结呢！"

"结多少？"

"三担零一箩。"

"起不起虫？"

"不起虫。"

"酸不酸？"

"不酸。"

"红不红？"

"红。"

"甜不甜？"

"甜。"

"落不落果？"

"不落果！"

问答完毕，放一挂鞭炮，杨梅树就过完年了，新年也就到了……

又是杨梅挂果时。一天下午，我们还未去偷打杨梅呢，外婆家里来了十几个人。他们径直走到杨梅树下，说这棵树是资本主义尾巴，必须砍了。外公、舅舅站在树下，愁眉苦脸，什么也不敢说。外婆死死地抱住杨梅树，一把眼泪，一把鼻涕，边哭边骂："这棵杨梅树，就是我的崽啊，比我崽还要强啊。崽还靠不住啊，树靠得住啊。这棵杨梅树，老老实实在这里，没踩你们的肚子啊，碍了你们什么事啊？要这样下毒手啊。你们砍了这棵杨梅树，我就只能死了啊。要砍杨梅树，就先砍死我啊。饿死不如被你们砍死啊。砍死我你们也不得好死啊。"

哭也好，骂也好，都没用。外婆，被拖开了。

杨梅树，被砍倒了。

外婆哭骂了好几天，喉咙哑了，才停下来。

外婆，一下子，就老了。

湖桥绝唱

李培俊

天成支书不该再唱这出戏的。

大年二十九上午，天成刚从南方收了一笔货款回来，到家后就觉得身体有些不适，心脏时而擂鼓一样嘣嘣跳得一下比一下快，时而又扑腾扑腾慢了下来。老伴儿铺好床，让他躺下，又在他背后垫上枕头。

天成就要睡着的时候，村里唱戏的锣鼓家伙敲响了，天成一翻身就爬了起来，穿上鞋就往外走。老伴儿说："你就不能在家消消停停地歇一会儿？唱了几十年了还没唱够？"

"天成唱戏会有唱够的时候？"天成说，"你不知道，那个演秦琼的角儿把秦二哥唱成四不像了。"

天成是远近有名的戏迷，不敢听见锣鼓家伙响，不敢听见板胡、二胡吱扭。一听见人就没了魂儿。正在地里锄庄稼，听见锣鼓家伙一敲，锄头往庄稼地里一扔，就往戏台上跑；正吃饭哩，听见弦子拉过门儿，把饭碗往桌上一放拔腿就走。土地承包那年，生产队分割财物，那些唱戏的行头分不下去，给谁谁不要。天成就和队长商量，拿一头壮牛换回了唱戏的行头。为此，爹娘和他怄了半月闲气："你就守着那中看不中吃的玩意儿过日子吧！让它们给你拉犁拉耙吧！"

天成天生是唱花脸的料，他演的秦琼秦叔宝十里八村都很有名气。扮相好，唱腔好，做功也近乎专业水平，叫板上场，往往都是碰头彩，掌声叫好声压过了锣鼓大钹。

可是近两年，天成已经风光不再。村里人都觉得，生活中的天成和戏里的天成不一样了，现在的天成和过去的天成也不一样了。以前的天成，戏里戏外都是肯为乡亲们两肋插刀的英雄好汉：刚当支书没多久，就领人修通了通往县城的公路，开山凿石，脚面砸肿也不离开施工现场。接着，他又组织村民在东岗山平整出一个千亩果园，栽种苹果、梨、枣、山楂，分给各家经营管理。嘟噜成串的果子，把大家的腰包装得满满当当。

坏就坏在天成建了自家的果品加工厂。

那一年，水果不好卖了，各家的水果都是卖一半扔一半，入冬了，水果腐烂的酸甜还弥漫在湖桥村之中。大家就埋怨天成没把项目看准，坑了一村的老少爷们儿。起初，还有人为天成说话，劝那些怨天尤人的人家，支书也没长前后眼，能前算八百年后算八百年？毕竟，他让湖桥富了这些年了。

也就是这时候，天成建了自己的果品加工厂，把大家卖不掉的苹果、梨、枣、山楂加工成果脯果醋，卖往天南地北，赚了一笔又一笔。

于是，人们便怀疑天成，领人修公路也好，建这个千亩园也罢，其实是为他自家的果品加工厂作铺垫，是为自家挣钱夯基础！

人们再见天成，便没有多少好气，连面子上那点招呼也敷衍不出来。村里唱戏，招呼也不给天成打，自然就在情理之中了。

天成却不请自到。他去的时候正是半下午，冬天的阳光软绵绵的，天成的脸上便像镀了一层金子，黄黄的。有人就说："支书，你还来唱戏？你的戏已经唱得很有水平了，跟真的一样，我看就算了吧。"

天成岂没听出话里的另一层意思，也知道船在哪儿歪着。但他不在乎，浅浅一笑，把正上装的"秦琼"扒拉到一边，说："还是我来吧。"

天成到底没能把这出戏唱完。虽然，天成扮相依然利利索索，虽然，天成唱得字正腔圆，可就是没人喝彩，锣鼓家伙敲得有气无力，弦子老也跟不上趟。对打的时候，演敬德的有义使的双鞭，劈头盖脸便往头上罩。虽不至于伤了天成，但那份重量，要挡开它们却也颇费气力。

就是这时，天成一头栽倒在戏台上。

天成的丧事办得冷冷清清，大部分人家躲得远远的，实在碍不过情面的几户人家，在灵堂草草焚上几张纸，掉头走了。打墓时，村主任福海出了东家进西家，求爷爷告奶奶，就是把人叫不到地里。这个说要去丈人家走亲戚，那个说要约朋友喝酒。福海火了，颤抖着敲响了那口弃置多年的铜钟。人到齐后，福海扯起嗓子就骂："你们这些人，良心都叫狗给吃了，嗯？天成支书可是为咱湖桥累死的呀！"

"说他是为挣钱累死的还差不多！"有义嘟囔一句。

"你说啥？"福海伸手给了有义一巴掌，"放你娘的屁！你知不知道？天成支书这个果品加工厂是给咱村里办的！他怕看不准，办瞎了，带累乡亲，用自家房产作抵押贷款……现在销路打开了，赚钱了，年前把厂子转到了村委名下，这两年赚的两百多万元，一分不少都在村里账上存着……"

人们如梦初醒，知道冤枉了他们的支书，便哭着，在天成灵前跪出黑压压的一片。

正月十五，湖桥村又唱了一出戏，是铁妮主演的《大破天门阵》。他们是专门唱给天成支书看的。一大早，福海让人把竹椅绑上两根抬杆，垫上棉垫，又在上面铺了一块红绸布，然后，把写有天成名字的牌位恭恭敬敬安放妥当，抬到戏台下正中间。左边是村主任福海，右边是天成支书的老伴儿，后面是湖桥村三千口的村民。

铁妮虽已有七个月的身孕，用布缠了腰身，扮相依然娇俏可人，一招一式，把那个穆家大小姐演得惟妙惟肖。

戏演过半，铁妮的眉头突然皱成疙瘩，接着蹲下身捂住肚子，再接着，戏台响起一阵婴儿的啼哭。声音高亢、洪亮，搅得戏台上下骚动不安。村里人都说：这孩子是天成支书托生的，他不想离开湖桥的老少爷们儿呀！

于是，铁妮生下的孩子就取名叫天成。这名字是全村起的。但不知道这个天成长大了会不会也像天成支书那样喜欢唱戏。

军　粮

王保忠

　　一个人走在 1940 年冬天的雪野上。

　　肩上是一百多公斤重的粮挑子。

　　这个人叫俞黑子，是俞村的村长。昨晚区委通讯员送来紧急通知，让他务必在三天内把军粮送到临川抗日政府。

　　雪不紧不慢地下着，坡梁和山峁都染白了。

　　白茫茫的山路上只有他一个人，只有他的双脚把雪踩得咯吱咯吱响，偶尔有一只觅食的野兔嗖地蹿出老远。他就这么孤寂地走着，越往前走，越感到饥饿。他怀里揣着两个玉米饼子，饼子紧贴着他的心窝，那是女人硬塞在他怀里的。那年遭了旱灾，庄稼颗粒无收，家里也快揭不开锅了。他不舍得吃，吃了就没想头了。他心里对自己说，赶紧走，再走一个村子就奖励你半个饼子。

　　雪越来越急，视野里一片迷蒙。下一个坡梁时，他不知滑倒了几次。可他不敢停留，爬起来，挑着担子再往前走。他成了一个雪人，身上是雪，脸上也是雪。天终于黑了，他硬撑着进了一个村子。走到一个门楼下，他把挑子放下，歇了口气，心想该奖励一下了。他把手伸进了怀里，可他什么也没有摸到。

他的心慌慌地跳了起来，又上上下下不知摸了多少遍，还是没有摸到饼子。他确信食物丢了，他狠狠地给了自己一巴掌，你咋这么粗心呢，咋就把救命的饼子丢了呢？

他越发饿得厉害，眼前总晃动着那块饼子。天色越来越暗，他想，眼下得赶紧给自己找个睡觉的地方，不然，饿不死也会给冻死的。他迟疑着敲了敲身后的那扇门，不一会儿有人出来了，问干啥？他说想借个宿。人家一缩身子关了门。又敲了几家，仍没有人开门。他转了半天，总算找到了一处破庙，点了几根木柴，在那里宿了一夜。

第二天一大早，他又出发了。他一天没吃饭，走起路来踉踉跄跄的，一阵风就能把他吹倒。他不敢抄小路，小路经过荒野，有狼群出没，给盯上就完了。他想，自己给狼吃了不要紧，军粮丢了一家人都得跟着背恶名。好不容易走到张庄，他觉得不吃点东西不行了。他看到几个打着竹板讨饭的乞丐，他们被一群孩子撵着追着，有的孩子还朝他们身上扔石头呢。乞丐们却不恼，还是伸着手讨食物。他瞅着他们手里的一小块儿窝头，咽了一口唾沫，想，就要一回吧。可是，人们看到他挑着担子，连一小块儿窝头也不给。走了十几个门，总算从一个好心的婆婆手里讨到了半碗稀饭。

婆婆的半碗稀饭支撑着他又走了一天。到了傍晚，他又来到了一个村庄。他打消了借宿的念头，直接在村外的破庙住下了。他饿得厉害，把挑子藏好，进村讨了半个窝头，就回到了破庙。他放心不下那担粮食，丢了，他赔不起呀。他找了些木柴点了，一边烤火，一边吃那半个窝头。吃了还是觉得饿得要命，肠胃里伸出一百只手，跟他要东西吃呢。

他不知该咋办了，目光四处寻找着。这时候破庙里哪怕有一只老鼠，他也会把它吞掉。可是他什么也没有找到，他失望极了。后来，他的目光落到了粮食挑子上，一落到上面，好像粘死了，再也移不开了。他想，要不，抓粒玉米烤着吃吧。这个念头立刻攫住了他的心，他仿佛嗅到了烤玉米喷香的气息。他忍不住了，手哆嗦着伸向粮袋子，可是有个声音忽然在他耳畔响了起来，你不能动，你不能动，这是军粮啊。他的手被火烫了似的缩了回来，不再动弹了。

他想，睡吧，睡着了，就不饿了。可是他睡不着，他真想吃点东西啊。那么鼓鼓的两大袋玉米，偷吃几粒根本不会有人发觉的。他又一次把手伸向粮袋子，这一次他把袋口解开了，他看到玉米的颗粒在火光中闪烁着金色的光泽。他抓了一把，也顾不上烤了，就要扔到嘴里嚼。可那个声音又一次在他的耳畔响起来，你不能吃，这可是军粮啊。他被那个声音击中了，手一松，玉米哗啦啦掉进了袋子。

他不敢再看那诱人的粮袋了，往火堆里又加了几根柴，烤暖身子就摸黑动身了。

又走了一天，临川县城已在眼前。

他没想到已是一座空城。

他立在那里，失望雾也似的漫上心头，他不知该去哪里了。突然，有人在背后喊了他一声，俞村长，总算追上你了。他扭过头，见到的竟然是区通讯员，不由眼睛一亮，你咋也来了？通讯员说，你可真是飞毛腿啊，我追了你一路。他直直地看着通讯员，想，区委一定又有新的通知了。

通讯员说，形势有了变化，鬼子一个师的人马要开来，昨天上午抗日政府就迁走了。为了防止鬼子屠城，老百姓也都跟着转移了。区长撤销了那个命令，让我通知你把军粮挑回俞村待命。他瞪了通讯员一眼，说，你有没有搞错？

通讯员说，让你回你就回，这是区长的命令。

他突然问，抗日政府去哪儿了？

通讯员说，不知道，有可能去顿村了。

他看了通讯员一眼，挑着担子往顿村的方向去了……

1945 年 10 月，一个衣衫褴褛的汉子挑着一副空挑子回到了俞村。他发现荒坡上添了一座新坟，碑上刻着"抗日村长俞黑子之墓"几个大字。

汉子蓦地呆在那里，泪水模糊了他的视线。

送　别

阎耀明

　　一大早，刘哲和红梅就起来了。他们连饭都没吃，简单收拾一下就出了门。他们要到镇政府去，与赵镇长道别。

　　赵镇长是从市里来的年轻干部，在高桥镇干了三年，最近被市委选中，要到市里担任一个很重要的职务。

　　天很冷，地上的积雪被他们一踩吱吱直响。他们走得很快，要早一点儿赶到镇政府，与赵镇长说几句话。他们一直想与赵镇长说说话，说说感激的话，却始终没有机会。有几次他们来找赵镇长，他都不在，那间赵镇长的办公室兼卧室的门一直锁着。赵镇长很少在办公室待着，老是往基层跑，晚上很晚才回来。所以刘哲夫妇就一直没有与赵镇长说上话。他们的心里总觉得过意不去，因为没有赵镇长，他们怕是很难有现在这样满意的工作。

　　刘哲夫妇中专毕业后一起分配到高桥镇，但他们落脚的企业已经停产两年了。上班没活儿干，自然也就不开工资，小两口的生活出现了困难。

　　一次偶然的机会，赵镇长知道了刘哲夫妇的情况，他找刘哲谈了一次。没几天，刘哲夫妇被通知到高桥镇第一家中德合资的企业去上班，他们学的专业派上了用场。喜从天降，刘哲与红梅乐得流了泪。他们不仅可以发挥专业技术特长，干一番事业，而且这家合资企业的工资待遇在全镇是最好的。

后来厂里开大会，赵镇长到厂里讲了一次话，谈到尊重知识、尊重人才，他提到了刘哲夫妇。他说，我们高桥镇人才还没有多到中专毕业生找不到工作的程度。既要避免人才浪费，又要鼓励知识分子发挥更大的作用，为企业发展贡献力量。刘哲夫妻觉得今天是最后的机会了，否则他们想对赵镇长说说感激话的愿望就很难实现了。他们来到镇政府时，见大门口已经有一些人在来回走动，有几位老人手里还拎着篮子，里面是花生、鸡蛋一类的东西。红梅拉了一下刘哲："咱们咋没想到给赵镇长送点东西呢？咱们应该送他一件礼物作纪念。"

刘哲也很惋惜地说："真是没有想到，要不去买一件？"

他们正说着，见门卫打开了政府大门。刘哲说："来不及了，走吧。"

刘哲夫妇与众人一起走进了政府大院。

政府办公室马主任骑车来了，高声问："你们这是干什么？"

刘哲说："我们来送赵镇长。"

看着大家企盼的目光，马主任说："好，走吧。我们上楼。"

大家来到二楼镇长办公室门前，马主任轻轻敲了几下门，里面没有动静。

有人说，是不是赵镇长昨晚睡得太晚，还没醒呢？

马主任想了想，摇摇头。他拿出钥匙，打开了办公室的门。

屋里没人。

刘哲与红梅环顾一下赵镇长的房间，对视一下，没有说话。

这时马主任从赵镇长的办公桌上拿起一张纸条。刘哲与红梅也凑过去看。

纸条是赵镇长写给马主任的："我先走了，免得大家辛苦。有一件事情请你办一下：不管谁来担任镇长，这套行李你一定要给换一下。"

刘哲夫妇来到床前，拎起了赵镇长用的被子。被子里的棉花已经全部滚了包，一团一团的，大部分地方只是两层布。

红梅看了看刘哲，又看了看马主任，泪水涌了出来。

那位拎着一篮子花生的老大娘走上前来摸了摸赵镇长的被子，说："这孩子……"就摇着头，轻声呜咽起来。

刘哲搂着红梅轻轻抖动的双肩，擦去眼角的泪水。他看见结着霜花的窗玻璃上，新鲜鲜的阳光正晶莹地闪着，一点儿一点儿地亮起来。

毒　鱼

茨　园

三和从镇里回来时，手里拎了俩瓶儿。瓶里，装的是农药，剧毒那种。地里的烟叶生了虫子，三和听天气预报说过两天有雨，就想赶在雨前往地里打些农药。

三和顶着烈日寻着树荫回茨园山庄时，抄小路走到了坝上。坝不大，前两年包给了成四，成四便在坝里撒了百十斤鱼苗，一年撒一次，撒了两年。成四的日子也比庄里其他人家的日子多"余"了许多。

坝里的鱼扑通扑通往水面上跳，三和就觉得生气。生气的原因很简单，坝里的鱼肥肥大大，让人看着都生气。不过说白了，三和不是跟鱼生气，是跟成四生气。平常日子里，成四见了三和总是点头哈腰十分亲近的样子，但三和觉得，这货就是做个样子！

成四和三和打小经常在一起玩儿。每次玩过家家，他们都会为争着让毛丫儿当"老婆"而闹别扭，且后来成四在乡里县里上初中高中那几年，俩人极少见面，但不知是不是因为毛丫儿长大了他俩谁都没有嫁，同病相怜的，他俩关系一直都不错。尤其是想到毛丫时，他们还都会说"幸好毛丫没嫁给你"，偶尔，还有些玩笑："嗯，就算毛丫儿嫁给了你，但儿子肯定不是亲生的！"不过，三和总觉得成四那几年学也不知是咋上的，越上越没脾气，弄得现在都快三十岁的人了，却大姑娘似的见谁都不好意思，见谁都笑，一点儿不像小时候那样，为争个到现在还喜欢挂两筒鼻涕的毛丫儿就互捶鼻子到流鼻血那样顽皮。

三和生气，成四却从不提请他上家喝杯酒吃口鱼的事儿。有几次，三和还亲眼见成四把吃不完的大半条四五斤重的鱼倒给猫吃。"这样浪费，为啥不请我去和他一起吃呢？再说了，就算不请我去吃，起码也得逢年过节给全庄的老少爷们儿每人弄一条两条、八条十条鱼吃吧？"

三和这么想着，肚里的气越来越胀，胀得都想尿呢。于是，三和走下坝堤，冲着坝哗啦啦一阵放松。然而尿完了，肚里还是不舒服，就又蹲下来方便；蹲的时候，碰倒了顺手搁在地上的瓶子，想扶，又一想："嗯，卖假农药的可多呢，干脆试试这药的劲儿吧？"于是，咕咕咚咚朝坝里倒了大半瓶。

三五分钟光景，扑通扑通，水面跳出了好多好多鱼。三和看着，乐了："哟，药不赖！"扑通扑通，跳出水面的鱼越来越多，且白花花翻着肚儿在坝面上，三和忽就乐不起来了："哎呀妈呀，这可不是争抢毛丫儿时那样的儿戏呀！"

提起裤子，三和扭身跑回了庄子。

据说成四哭了一天一夜。三和犹豫着并最终决定去慰问成四一下，打开了家门，却有俩穿着制服的陌生人走了过来，冷冷地问："三和吧？正好，跟我们走一趟！"三和一愣，觉得脑袋瓜子可大，并立马想到个问题：成四这货真不是东西呢！肯定是人家问他谁谁跟他有仇、得罪过谁谁。"肯定是他！"三和立马就想到了打小就跟他争毛丫儿的事儿。

小王和小杨

丁新生

　　小王和小杨，同年入警，同时分到县公安局交警队，分别在县城东关和西关执勤站岗。两人着装整齐，执法严格。不过，也经常有人告他俩的状。队长找他俩谈心说，咱们执法要有点儿灵活性。两人听后点点头。

　　一天上午，小杨正在西关执勤，忽然，一辆奥迪车闯红灯，小杨手一摆，让司机把车停到路边。一个年轻司机毫不在乎地笑了笑，掏出手机说，我的车被扣在西关了！

　　时间不长，小王骑着摩托车来找小杨，说，我刚才打了好几个电话，你咋不接呀？小杨说，今天特忙，你看！小王看去，进城的车很多，排了半里地长。小王说，你刚才扣了一辆奥迪车？司机是我未婚妻的小弟。小杨没好气地说，是她哥也不中！小王一愣，小杨今天说话咋这么冲？他嘿嘿笑了笑，问，兄弟，怎么了？小杨不满地问，昨天上午，你扣了一辆进城卖瓜的驴车？小王说，我想想。他想了好一会儿，一拍脑袋说，对，一个卖瓜的老农非要赶着毛驴车进城，我咋说也不行，罚他钱，他说没有，我就把他的驴夹板卸了。小杨说，他是俺二舅。小王说，那你为啥不打电话？小杨说，昨天我请了一天假去郑州，刚好手机没有电。我二舅到我家发了一顿脾气，连口水都没喝，一拍屁股就走了。晚上回到家，我爸狠狠熊了我一顿。小王说，那怪对不起。小杨嘴一咧，咦，你说得好听！小王问，那咋办呀？小杨说，你把驴夹板还给他老人家！小王说，昨天我把驴夹板放在岗亭旁，下班时发现被人拿走了。

这时绿灯亮起来，小杨忙指挥交通去了。

忽然，小王发现一个老农赶着毛驴车要进城卖瓜，他忙走向前拦住，两腿一并，立正站好，敬了一个礼。老农从车上跳下，一手握长鞭，一手拉缰绳，说，别客气，敬啥礼呀，想吃瓜搬两个吧。小王说，老大爷，政府发了通知，卖瓜的毛驴车不能进城。老农把破草帽摘下来，扇着风说，咦，不进城咋卖呀？小王说，你想办法吧。任凭小王怎么说，老农非要进城。小王说，你再不听，就要罚款了！老农说，我没有钱！说着，眼中闪出狡黠的目光。小王刚要掏罚单，忽然想起队长的话，把手缩了回去。当他看到驴夹板时心中一亮，立即走过去，熟练地把驴夹板卸下来，然后掂着离去。老农急得乱喊叫，哎！哎！还我驴夹板！还我驴夹板！小王不理他继续走，引得围观的人们一阵哄笑。

小王把驴夹板送给小杨，小杨笑了。

中午快下班时，小王的手机忽然响起来，一看是队长，忙问道，队长好，有什么指示呀？队长问，小王呀，你在西关把一个卖瓜老农的驴夹板卸了？小王说，对，有这回事！队长说，你知道这个老农是谁吗？是财政局陈局长他爹，刚才咱们局长指示，快点儿把驴夹板还人家！小王接完队长的电话，忙给小杨打电话，占线。停了一会儿，又打，通了，忙问，小杨，队长给我打电话，说那副驴夹板……小杨说，队长也给我打了，陈局长的司机刚才已把陈大爷送来了。小王说，好吧，把驴夹板还给他吧！小杨沮丧地说，还什么呀，我把驴夹板放到岗亭旁，不知谁拿走了……

我想听听你唱歌

刘卫平

两年以后，陈处终于来到了羊谷山村。

小车在坑坑洼洼的泥石公路上跑了老半天，才在一个四野看不到人的地方停下来。天上飘着绵绵不断的毛毛雨。陈处下了车，踮脚站在泥泞四溢的乡村公路上，张望了好一会儿，才看到了凹隐在山冲里的小村庄。

从公路到村里还有一段山路要走。陈处一边走，一边向路上遇到的几个农民打听谢小华的家。

咴，就是村里最后头那栋房子。

陈处看清了，那几乎是村里唯一的茅草屋。

整日在城里机关上班的陈处，与羊谷山村挂上钩，与羊谷山村的那栋茅屋挂上钩，或者更直接地说，与茅屋里的女孩儿谢小华挂上钩，这事是从两年前开始的。

上级安排机关干部与偏远山区的贫困学生开展一对一帮扶活动。陈处帮扶的对象就是羊谷山村的谢小华。名单是由上面统一定的。陈处按规定每学期开学前给谢小华寄两百元钱。

谁料谢小华这女孩儿挺让人上心的。每隔一月两月，谢小华来一封信，向陈处报告她的学习和生活情况。

摆渡

谢小华在信里说，尊敬的陈伯伯，这学期期中考试考完了，我考了班上的第三名。

陈处回信，加油，等你考第一名了，我来看你。

陈处随信给谢小华寄两百元，作为奖励。

谢小华又来信了，陈伯伯，我们放寒假了。村里回来了一个学音乐的大学生，说我有唱歌的天赋，要我买把小提琴，好教我学音乐……

陈处又寄了两百元。陈处在回信里说，去学吧，下次来时，我想听听你唱歌。

陈处的眼前，甚至很清晰地出现了一个蹦蹦跳跳的、欢快地唱着歌的山村小姑娘。

当谢小华再次来信时，陈处多了一份担心。因为谢小华在信里说，陈伯伯，昨天我上山砍柴，肩上被蛇咬了一口，半边脸都肿了。脸肿得老高，只怕以后唱不成歌了。

陈处又寄了两百元，要谢小华拿去治伤。陈处回信说，你的脸会好的，以后还可以唱歌的。下次我来，好好看看你的脸……

两年了，终于来到了这羊谷山村！谢小华的学习怎么样了？她脸上的肿早消了吧？她唱歌唱得好听吗？

这回，一定要好好听听她唱歌！

敲了好一阵门，里面才传出一个妇人的声音。

陈处推门进去。

床上躺着的妇人是谢小华的娘，脸色苍白得像一张薄纸，仿佛一碰就会碰出一个洞来。

陆陆续续来了几个邻居。

陈处左右观望，没有他想见的女孩儿。

谢小华不在家。

通过和她娘以及邻居们的交谈，陈处才知道事情和他想象中的大不一样。

谢小华早就不读书了！

在陈处和谢小华结对帮扶才一两个月后，谢小华的父亲一次在山上砍树时被倒下的大树压死了。那时候，谢小华的娘卧病在床已有几年。她娘那病，每月要一百多块钱的药来维持。

司机问，陈处长寄来的钱没给谢小华读书？

陈处说，都给你买药了是不是？

过了片刻，她娘耷拉着的头点了一下。

司机问，谢小华没有买小提琴吗？

陈处说，她是找借口要钱给你买药是不是？

又过了片刻，她娘耷拉着的头又点了一下。

司机问，谢小华没有被蛇咬伤过吧？

陈处说，她的脸没有肿是不是？

又过了片刻，她娘耷拉着的头又点了一下。

司机显然有点气愤了。他说，原来你们这一切都是骗人的！

陈处摆摆手，让司机平静下来，也是让自己平静下来。

司机仍然无法平息怒气，司机对转身的陈处说，陈处，我们走！

陈处再次摆摆手，问，谢小华哪里去了？

旁边的邻居说，她到后山薅草去了，她家一对猪靠她喂的。

陈处出来，抬头望望，往后山方向走去。

刚出村，陈处蓦然看到一百来米远的山坡上，有一个女孩儿坐在一块山石上。石头高高地从土里长出来，女孩儿坐在上头，安然地唱着歌。

天上的毛毛雨仍在下。

女孩儿的歌声穿透薄薄的雨幕，悠然而至。

陈处循着歌声走去。一百米，八十米，五十米……

陈处离女孩儿越来越近。

还差二十来米远吧，女孩儿突然站起来，跳下石头，沿着横贯山坡的小道，飞奔而去。

陈处愣愣地望着奔跑着远去的女孩儿，耳里满是女孩儿的歌声。那是一首名曰《戒指花》的歌，有几句歌词，陈处记得很清楚：

> 你说你想听听我唱歌
>
> 你说你想看看我的脸
>
> 我不能唱歌给你听
>
> 因为一唱我就要流眼泪
>
> 我不能让你看我的脸
>
> 因为一看我就要流眼泪

幸福的轮回

游 睿

王语对自己的生活有全新的认识是从李顺做了自己的邻居开始的。

王语在机关上班，单位效益不好，但竞争激烈，哪天不努力就可能哪天被淘汰。王语的老婆下了岗，儿子正上初中；工作累，生活更累。王语觉得自己在单位一直抬不起头，在家里一直喘不了气。很多次，王语都对自己失望了，要不是头上绷着一张男性特征明显的脸，王语真想自杀算了。

但幸运的是李顺成了王语的邻居。

以前王语的隔壁一直空着，里面没装修，是清水房。这天王语下班回家，意外地发现隔壁的门开着，他刚想看个究竟，里面就探出一颗圆乎乎的脑袋，一个肩上搭着块毛巾的中年汉子露出一口洁白的牙冲他笑道，我叫李顺，今天刚搬来的。李顺说他从乡下来，带着老婆孩子准备找点儿事做，他自己打算到工地上干点儿体力活，老婆就去擦擦皮鞋什么的。

没几句话，王语就和李顺成了熟人。王语走进李顺的家，里面空荡荡的，只有几样简单而且破旧的家具，一个和自己孩子差不多高的孩子正蹲在一个塑料凳子面前写作业。一根绳子拉在客厅中央，上面挂着几件打了补丁褪了色的衣服。王语的鼻子当即一阵酸楚。

王语回到家里，连忙将儿子不愿意穿的一些衣服收拾出来，将家里一些闲置着的凳子和椅子都搬了出来，然后一起给李顺家送过去。李顺感激地收下，尤其是那些衣服，李顺的儿子高兴得跳了起来，马上就忍不住穿上试试。

这天晚上，王语躺在自己的床上，第一次感觉到自己的生活其实很充实。与李顺比起来，自己起码有一份稳定的收入，尽管累点，但总比干体力活好。自己的妻子儿子，从来都是衣食无忧，自己再苦再累，也不会让他们受委屈。更让王语高兴的是，他第一次发现自己也能帮助别人，尤其是想起李顺的儿子试穿自己儿子衣服的高兴样子，王语发现，原来能帮助别人也很快乐。

在接下来的日子里，李顺一直很尊重王语，觉得他是个有单位的人，不简单。李顺常常一脸汗水地对王语说，瞧你多好，坐在办公室里不吹风不下雨的，也能比我挣的钱多好多倍。这时候，王语就突然觉得自己其实过得很幸福。王语经常帮助李顺家，比如给李顺的儿子买点儿学习用品，给李顺联系点儿更挣钱的体力活，给李顺的老婆找几个固定的客户擦皮鞋。

看到李顺接受自己的帮助，王语就更快乐了，王语对自己的生活充满了信心。此后他每天都想方设法帮助李顺家。王语说，邻居呢，有什么事说一声。

这天下班回家，王语发现李顺家里有动静，王语敲门一看，只见李顺一身白色的灰浆正在刷墙。李顺露出洁白的牙齿说，老婆擦皮鞋的家什让城管给没收了，刚好这几天他干体力活挣了点儿钱，他发现这院子里爱打牌的人特别多，于是就想把家里拾掇一下，开个小茶馆。为了节约钱，他就自己刷墙了。

好呀，这主意不错呀，你脑子蛮机灵的嘛。王语马上支持，说回头我给你找几个客人，给你捧场。

没几天，李顺的茶馆就开业了。没想到，生意挺不错。李顺夫妻俩整天在茶馆里忙得脱不了身。每次王语下班回来，都看见他们俩在忙。最初王语也没怎么在乎，后来有一天事情就发生了转机。

中秋节这天，单位给每个人发了一盒月饼。包装看上去不错，但单位里的人都知道，与自家买的月饼比较起来，谁愿意吃呢。不少同事干脆把领到的月饼往王语桌子上一放，说，我们的都给你了，你家里还有孩子呢。换以前，王语肯定会生气，甚至又会想到自杀，但这回王语没有。王语想，把这些月饼给李顺家多好。

下班的时候，王语把月饼带回了家。可刚进家门，就发现桌子上放着一盒价值不菲的月饼。老婆见他回来，连连抱怨说家里有月饼了，你还带那么多回来干吗。王语说，可以送给李顺家呀。王语老婆马上就吐了口唾沫说，瞎操什么心，现在李顺家还需要你送月饼？我们桌上的好月饼就是李顺家送过来的。这几个月他家开茶馆，发了。

发了？怎么发了？

老婆说，你不知道呀，他现在一天的收入相当于你半个月的工资。现在他们家可不是以前了，前几天我把儿子的一件旧衣服送给他们家，结果他儿子没看上。你呀，以为你在单位上几天班就了不起呀，还赶不上人家开茶馆的！老婆说完，就甩给王语一个冰凉的背影。

老婆的话一遍又一遍在王语耳边回荡。王语将一大堆月饼统统掀在了地上，然后点了根烟猛地抽了起来。隔壁的麻将声不断，王语感到了前所未有的烦躁和失落。他发现自己又回到了从前，原来自己的生活一直都很失败，连李顺都比自己过得好。王语用力地拽住了自己的头发，片刻之后，他缓缓地拿起了手机。

这天晚上，李顺家里来了一批警察，把李顺的茶馆给查封了。第二天早上，王语起床的时候，发现李顺的门半开着。王语走了进去，看见李顺正低头坐在地上，家里一片狼藉。

看见王语进来，李顺沮丧地说，警察将家里的钱和麻将全部没收了，还要求我交几千元罚款，我这下不但赚不了钱，还要欠一屁股债，唉，还是你们有单位的人好呀。

王语连忙从钱包里掏出一沓钞票塞给李顺说，先拿着，把事情了结了再说。李顺接过钱，感激得差点儿掉眼泪。

看着李顺的样子，王语立刻有了一种前所未有的幸福感。王语说，邻居呢，有什么说一声啊。

飞 刀

张国平

高大威武的将军大步跨进莫五那低矮的剃头铺时，莫五正躺在太师椅里"咿咿呀呀"地哼着小曲。莫五那南腔北调的小曲跟远处传来的隆隆炮声极不和谐。

飞刀，将军要净面！跟在将军身后的警卫拍一把莫五的肩说。莫五猛一回头，瞪着醉眼蒙眬的小眼睛就看见了将军那"杂草"丛生的脸。莫五一个激灵，身体摇晃着问，您要刮脸？将军哈哈大笑，刮脸！将军的声音如洪钟。将军说，听见城外的炮声了吗？老子要跟小日本死拼！刮完脸回到城外，老子要跟小日本死拼到底！

莫五知道城外的形势不妙，听说将军的人死了不少。莫五的敬畏之情油然而生，站起身去取剃刀，腿却软软的，不听使唤。莫五喝得有八成醉了。

莫五是小城有名的剃头匠，那把剃刀在莫五手里玩得像魔术师的道具，所以，人送外号"飞刀"。莫五手艺高到啥程度？他能让一个葫芦变成俩，莫五的剃刀在葫芦上飞速旋转一圈儿，心儿是一个葫芦，皮儿放在那里还是一个葫芦。那天莫五喝醉酒躺太师椅上迷糊，要饭的疤瘌头喊他两句没吭声，以为他睡死了，伸手去捞莫五放在茶几上的钱。莫五一把剃刀扔过去，不偏不倚正插在疤瘌头手指头缝儿里，吓得疤瘌头连连求饶。

莫五没啥嗜好，就喜欢喝点小酒。只要有酒，天塌下来莫五也不会躲。城里的年轻人都拎着刀随将军到城外跟日本人血拼了，这几天来剃头的人极少，莫五又饮了几口小酒。

莫五在那块黑乎乎的磨刀布上擦拭着剃刀说，将军您坐好了，俺要给您好好剃。莫五摇一下头，驱赶着酒劲儿，但还是感觉自己的小屋在一摇一晃的。莫五知道自己喝得太多了，捏着剃刀不敢下手。

将军瞥一眼莫五说，莫五你快些剃，城外的炮声在催我呢。莫五"噗噗"在脸上扑棱几把冷水，觉得清醒了许多，莫五的剃刀就在将军头上行走如飞。莫五看见将军的眉头拧成了疙瘩，知道将军一定还惦记着城外生死未卜的弟兄。将军说，莫五你快些，拿出你的看家本领。莫五说好咧，就转身又取出一把剃刀。莫五有一手绝活，双手使刀，两把剃刀在莫五手里一起一落上下翻飞，眨眼工夫，头发已经剃了个精光。

莫五想，既然将军让他露绝活，就一定让将军满意而去，但今天莫五的手却没有往常那样灵便，剃刀在莫五手里一顿一顿的。警卫看出来了，就说，飞刀，你小心点儿。莫五看看警卫紧张的脸，心里有些长草，手里的剃刀便不听使唤。将军呵呵地笑，尽管剃，快些就好。

莫五的心绷得紧紧的，谨小慎微。终于剩下最后一刀了。莫五心里一松，就在将军的脸上留下一道血印。警卫拔出枪大喊，莫五，你浑蛋！莫五两腿发软，"扑通"跪在将军面前说，莫五该死。

将军抹一把血，笑，算不了什么，大男人还怕流血？将军拍着莫五的肩膀，回头对警卫说，拿二十块银圆来。莫五惊恐地说，莫五不敢。将军呵呵地笑，钱一定给你。莫五说，太多了。将军说，我留着啥用，这次返回战场也许就跟小日本同归于尽了。将军让警卫在每块银圆上拴一根线绳说，也不轻易给你，你拎在手里，我每走二十步放一枪，打不落算奖你的，打落的只当你替我保管着。

弹无虚发，将军走到那匹枣红大马旁边，二十枚银圆一枚一枚全散落在莫五脚边。莫五提着空绳的手还在哆嗦，将军已上马绝尘而去，但笑声还震动着莫五的耳膜。

城外的炮声更响更急了，震落的树枝砸在莫五头上，生疼。摇摇欲坠的夕阳把天际染得一片血红。

莫五的酒一下醒了。莫五蓦然站直身板，拍拍膝盖上的尘土，转身回屋取出那两把飞快的剃刀，直奔将军去的方向而去。

莫五扯破了嗓子大喊——

将军，等我！

鹰 唱

更 夫

　　这是偏远山区的一个集镇。我背着相机，遛到了这里，像一只流浪的猫。

　　天黑了下来，我走进街边的一家小饭馆。昏暗的灯光下，几个光着膀子的汉子正在喝酒，嘈杂的笑闹声几乎要把屋顶掀下来。

　　太吵了，我正准备离开。

　　小伙子，过来喝一杯吧！

　　是一个皮肤黝黑的汉子，满脸风霜，眼睛却很明亮。

　　我没动。

　　有人过来拉，说，给个面子吧，今天是华叔的生日！

　　华叔？

　　华叔。

　　我走了过去，坐下。

　　我也不知道为什么，或许是"华叔"这个称谓吧。它太亲切，对于一个长期漂泊的人来说，就像一股暖流不经意地从心尖儿滑过。

　　外地人吧，怎么来到这里？华叔给我倒了一杯酒。

我说，我是搞摄影的。听说这里有个鹰跳崖，想来拍几张鹰的照片。

鹰跳崖？汉子们笑了，我们就在那里上工。

哦？看见过鹰吗？

当然。华叔说，有时我们从煤矿出来，鹰就盘旋在头顶上，老高！

你们是煤矿工人？

我们是把命系在裤腰带上换俩钱儿咧！有汉子叹口气，过了今天，还不知道有没有明天！他的眼神明显黯淡下去。

气氛便有一些冷。

另一个汉子说，今天我们不是给华叔过生日吗？——说好要高高兴兴的！

来！喝酒！喝酒！大家都叫了起来，管他娘的什么明天！气氛热烈了许多。

吃完饭出来，月近中天。

我和华叔一起走，都有了几分醉意。街道很静，只有几家店铺里漏出斑驳的灯光，碎碎地铺在我们歪歪扭扭的脚步边。

小伙子，你以前拍到过鹰吗？华叔突然问。

我说，拍过几张。

那么，你听见过鹰唱歌吗？

我摇摇头，鹰的叫声倒是听见过。

那是两回事！华叔说，不是每一只鹰都会唱歌的，更不是每一个人都能听到的。

你听见过？我顿时来了兴致。

华叔点点头，鹰的寿命一般七十年左右，可是活到四十岁的时候，它们的喙和爪子开始老化，再不能捕杀到猎物。普通的鹰往往就会在这个时候死去。但有一些鹰却不愿等死，它们飞到崖顶上筑一个巢，忍着饥饿和疼痛，在岩石上日复一日地敲打着它们老化的喙和爪子。熬过一百五十天，它们长出了新的尖喙、利爪，就可以再活上三十年……

动物的生存法则，竟也如此神奇！我被华叔讲的故事打动了。

但是——我说，你还没有告诉我鹰是怎么唱歌的！

就在苦苦等待的一百五十天里，鹰时常会发出低沉的吟唱声，咿——呀——哦！这声音，发自喉咙深处，像人的梦呓一样。

怎么会这样呢？

或许是一种求生的祷告吧，也可能是呻吟。华叔摇摇头，具体的含义我也搞不清楚……

第二天一大早，我跟着华叔他们出发了。

鹰跳崖，距集镇也就几公里。那里峰峦如聚，怪木丛生，茅草在风中起伏，掀起层层波浪。

煤窑的入口在鹰跳崖下，像一张巨大的嘴。

好高的崖！我惊叹。

那还用说？华叔笑了，鹰跳下去也得摔死！

崖顶上会有鹰在唱歌吗？我说，要是能听一听就好了！

不大可能，华叔说，而且——没听见最好！他的神情突然变得凝重起来。

我感到不解。

华叔说，这种声音，有时会从人的嘴里发出……

人的嘴里？

是的！那时，他快死了。我们把他刨出来的时候，血肉模糊……

煤窑塌方？我倒吸一口凉气。

华叔没有回答我，他的脸笼罩在早晨的雾气里，一片模糊。

华叔接着说，在送往医院的途中，他嘴角不住地扭动，却说不出一句囫囵话。只有喉咙里发出低沉的声音，咿——呀——哦！咿——呀——哦！

他一定有什么话想说！我的声音有些发哽。

是啊，现在那个声音还时常回响在我的耳边。我在想，那声音的含义是什么呢？或许是一种祷告吧，乞求上天能够让他活下来！他走了，家中的老小怎么办？当然，也可能只是因为疼痛而呻吟……

后来呢？我痛苦地攥紧了手。

走了。昨天，是他四十岁的生日，我们几个兄弟凑到一起……

他？

对——华叔。

我惊愕地张大了嘴，我一直以为你是华叔呢！

有什么关系呢？他摇摇头，笑了笑，都一样……

要下矿了。有人拿出一盒烟来，挨个儿散。点上火却没人吸，大家把烟头向上，插到一只炉盘里。

上炷香吧！他说。

然后，汉子们扛起了工具，鱼贯而入，慢慢消失在洞口。

我攀上鹰跳崖对面的山顶，掏出了相机。镜头慢慢拉近，我看见了连绵起伏的群山，参天耸立的大树，还有，一轮喷薄而出的朝阳……

一　生

朱雅娟

　　麻连长顶着一头星星回到了生他养他的山洼村。

　　国民党抓壮丁时，麻连长还是个面皮白净的毛头小伙，全国解放了，他却变成了满面麻皮的壮汉子。

　　山洼村的人都有点搞不懂麻连长，不是投诚解放军了吗？听说还挂了花，还当了连级干部，咋个说回来就回来了哩？

　　翠儿是麻连长的未婚妻，等了麻连长好几年，最有资格问清村里人都想弄明白的这些事。麻连长见了翠儿，更像个闷葫芦。翠儿才往他身边走一步，他就往后退两步。

　　沉默好久，麻连长扔下一句话。

　　翠儿，嫁人吧。

　　翠儿盯了麻连长的眼睛，柔柔地问，嫁谁哩？

　　想嫁谁就嫁谁，麻连长不敢抬眼皮。

　　嫁你，你要不？

　　除了我，嫁谁都行。

　　偏就嫁你。翠儿跺跺脚。

　　不行。

　　非就你！翠儿发狠了。

不！

偏就你！翠儿往麻连长怀里一扑，麻连长却一闪，翠儿就跌在地上。翠儿坐在泥地上啜泣起来，麻连长硬邦邦站着，手都没伸一下。

翠儿，忘了我吧。说完，麻连长转身就走。翠儿蹿起来，一把揪住麻连长，踮了脚用指甲在麻连长脸上挖了十道血印子。麻连长没有躲，只是说，你要觉得解气，再多挖几道。

翠儿恨声说，你亲我几回，我就挖你几道。

月儿河三回。

小梅沟四回。

小窝棚五回。

……

翠儿又在麻连长耳根抓了七八道血痕。

麻连长仍一句话没有，站得像村口的白杨树。

翠儿彻底绝望了，骂了声你咋不死在外头？扭头就跑。麻连长呆呆看着翠儿的身影消失在月色里，哑着声音说，翠儿，还有七次你没算上。

龙头崖两次。

八卦岩三次。

你家后院的马棚两次。

过了半年多，麻连长在暗夜里拦住了要投河的一个女人。仔细看了，居然是村里的风流寡妇王二花。她男人也是被抓了壮丁的，逃跑时被国民党打死了，丢下了三个娃，一个比一个高一头。麻连长说，有啥过不去的坎儿哩？我娶你。王二花大吃一惊，你连翠儿都不要，为什么甘心娶我这个寡妇？

麻连长瓮声瓮气地说，不为啥，我就中意你。

我有三个拖油瓶哩。

不怕，我当他们是亲生的。

我家穷得揭不开锅。

不怕，我有气力。我碗里有一口，就不让你娘儿四个饿肚子。

王二花叫了一声，我的人儿啊，扑到麻连长怀里嘤嘤地哭。麻连长轻轻推开她，迎着王二花不解的目光说，如果你愿意，我明天就把铺盖卷抱过来。

麻连长成亲那天，翠儿在月儿河走了一夜。天明时分，翠儿抱住一个过路的后生说，你娶我吧，我给你生崽，把后生吓得头也不回地跑了。

不到半年，王二花给麻连长添了个丁。消息传来，大家都心里明白了。没想到这俩人早就有一腿啦。翠儿死了心，嫁到了邻村。

王二花还是改不了风流寡妇的脾性，时不时偷汉子。麻连长听说了，就把王二花一顿好打。每次打完了，也就算了。

一晃六十多年过去了。六十多年间，麻连长炼过钢铁，学过大寨，胸口戴着红花游过街，头顶高帽游过街。农村责任制后，带领大伙儿致富奔了小康。县里的记者来了，市里的记者来了，省报的记者也来了，麻连长翻来覆去说的只有一句话，党救了我，我就要报答党。

王二花死的时候，拼命拉了麻连长的手不松劲，说，哥，嫁给你，我不后悔！麻连长则摇着头说，妹子，我对不起你！周遭的人也跟着摇摇头，这一个病，一个累，说出来的话都不搭弦了。

翠儿生活倒也非常美满，儿孙满堂，鸡鸭成群。翠儿弥留之际可着劲儿地喊麻连长的小名不肯合眼。得到消息后，八十多岁的麻连长丢了拐棍一路小跑到翠儿家，看到麻连长，翠儿浑浊的眼睛登时一亮。麻连长将嘴凑到翠儿耳根，翠儿，我来了。

翠儿点点头，干瘪的胸口一起一伏，满脸写满询问，却说不出一句话来。麻连长心口那个痛啊，不管不顾地拉了翠儿的手就往自己裆上放。翠儿的脸居然现出一抹红晕。

翠儿的手抓了个空。

六十多年的疑问和怨恨在这一抓中得到了答案。

翠儿咧开已没有一颗牙齿的嘴巴喊了声，我苦命的哥哎。

把命交给你

纪富强

八年前，芙蓉街发生过一起血案。

关老九因宅基地纠纷，夜间持斧头闯入邻居马怀然家行凶，造成两死两重伤。死的是马怀然的老婆和儿子，活下来的是马怀然和闺女。

那是芙蓉街有史以来最惨的凶案，也是民警老安一辈子的污点。

八年前，局里照顾患有股骨头坏死的老安，将他从乡下派出所调到老城区芙蓉街一带当片儿警。

老安很知足。芙蓉街虽处老城区，暂住人口鱼龙混杂，摸排起来耗费精力，可好歹离家近，就诊方便，还和家人多了些团圆时间。

可老安万万没想到，在他上岗的第二个月，凶案就发生了。

当初，老安的前任片儿警老丁跟他交接时，上下说了一大通儿，孙家的母狗咬人，李家的儿子不孝，吴家的媳妇患有间歇性精神病，柳家的屋子是危房，万家跟包家有世仇……老安手上的笔记本都快记满了，但唯独没记老丁跟他交代过关老九。

那么大的案子，当时震惊了整个县城。老安也蒙了。他刚来，跟关老九还不熟，巧的是案发前两天他还去关家走访过。对于凶案没能预察，老安脱不了责任。而且案发后关老九一直在逃，社会反响很不好，上头若再不给个处分，老安自己都觉得脸上挂不住了。

可等处分真的来了，老安又觉得实在太沉重了。既扣票子又扣荣誉，竟连党性也被质疑了。

后来，有同事开导他："算了，想开些吧，关老九那晚喝了酒，心理扭曲，三十多岁的人了，买不起楼娶不起媳妇，好不容易在旧宅基地上划出块屁大的地方盖房，还让邻居马家加盖的东屋挤占了过道，他平时从没反映过，那晚纯属激情犯罪，换谁也阻止不了！"

老婆也不止一次劝慰他："天底下有些事就该着发生，这就是命，只要工作没丢怕啥，这日子还得往下过呢。"

话是这么说，可从此以后，老安在芙蓉街就像变了一个人。起早贪黑，干活儿玩儿命，整天拖着条病腿斜着身子在芙蓉街上穿行，像跟谁赌气似的，没两个月就将情况吃了个透，没半年就调解了近百起纠纷，还帮扶了两个困难户，救过三条人命，警务室里挂满了红灿灿的锦旗。

一晃，八年过去了。

八年间，老安的儿子考了大专，找了工作，下了岗，还娶了媳妇，生了闺女。

八年间，芙蓉街已从过去古色古香的矮房陋巷，成了破败不堪、钉子户密集的棚户区。

八年间，老安换了四届局长、七任上司，自己却始终像芙蓉街这张油毡上的一枚图钉，深深地扎根，渐渐地生锈，成为街上理所当然又似乎亘古不变的一分子。

八年间，老安获得过不少荣誉，当年的处分早已随风远去，唯独不变的是老安一如既往的干劲儿和他心中的那一口气。

对于老安的玩儿命，一开始纳闷生气的是老婆，后来最能理解的还是老婆。老婆近来有一次问他："芙蓉街都卖给外地人了，马上就要整体拆迁，你还打算老死在这儿？"老安听了，就一句话："真要走，我的警务室最后搬！"

老安的话音刚落，外面起了一阵大风，街面上哗啦啦掉落一地树叶。北方的冬天来了。

冬天一来，老安就会隔三岔五接到左家的电话。左家就俩人，女的，一个八岁，一个八十岁。奶奶患有严重哮喘，一到冬天就犯；孙女会用老年手机，这次是半夜打过来的。

老安匆匆赶来，见老人晕倒在床下的尿盆边，孙女已哭哑了嗓子。他急忙将老人抱回床上，然后用力掐人中，一会儿老太太醒了。

离开左家时，天色未亮。老安肚子饿，也想给左家买些吃的，就径直往街心走。那里亮着盏灯，有家米粉店，门开得早。

街上阒寂无人，狗都在寒风里销声匿迹。老安哈着两手走到店门口，突然愣了一下。店里已经有位顾客，像极了一个人，关老九。

那人忽一抬眼，噌地站起来，带翻了桌前的碗筷。

老安下意识地低头摸枪，可片儿警的腰间只有一副手铐，未等他抬起头就感觉被人猛地抱住，像被挤在了一堵石墙上。

那人身高一米九，体重一百多公斤，浑身蛮力。而老安身高一米七，拖着病腿，精瘦羸弱。老安被箍着，尽管拼尽了力气却挣脱不得，眼看就要气绝晕眩。

这时，老安忽觉对方的脑袋重重地压落下来，随后耳朵里传来一句令他这辈子都匪夷所思的话："别动！我把我的命，交给你。"果然是关老九。

说完，关老九忽然松开两臂，将手臂蜷到背后，转过身去。

老安赶紧掏出手铐，直到用力铐牢了对方，一双手还是抖的，头上的汗珠滴在门槛上，在静寂的夜里，摔得啪啪直响。

老安只身擒拿灭门凶手，立即在局里引起了轰动，人人赞叹他深藏不露、智勇双全。其实，老安比谁都恍惚，凶手是怎么抓到的？自己给关老九搜身时发现他还带着匕首！

讯问是刑警的事了。过了很久，老安才有机会打听到，关老九被捕的那一夜是他八年来第一次回家，他娘告诉他，这些年都是老安一直照顾自己，她已经把老安当成儿子了。

老安还听说，关老九已经在贵州有了老婆和闺女。

听着这些，老安的心起起落落，一时很难说清心中憋着的那口气，是在还是不在了。

豆腐王

云 风

　　他姓王，人称豆腐王，做了一辈子豆腐。豆腐王人硬货也硬，每天绝不多做，只做两盘，每盘二十块。天一亮，拉上一盘，高分贝喇叭一放，绕城郊一圈儿，保准半块儿不剩，起晚了你就甭想吃上热乎的。但豆腐王从不忘给刘大爷捎上那么两块儿——刘大爷牙不好，就爱这一口儿。这自然也成了他的习惯。

　　豆腐王做豆腐，别说，还真有一手。老式的电磨，两块砂轮片子调得精细，泡得胀鼓鼓的豆子一倒进去，就变成乳白胶似的白浆，细得根本看不见渣子。再经细纱布一滤，大锅那么一熬，就是一缸纯白透香的豆汁儿。然后舀半瓢卤水，蜻蜓点水般缓缓滴入搅得翻滚的豆汁儿里，不多时，成脑的豆腐就如片片雪花沉积在缸底了。接下来，摆正豆腐栅，铺好豆腐包布，左一瓢，右一瓢，泼上豆脑，合严包布，盖上压板，压好石块，挤出的浆水就如小瀑布般，四面倾泻下来。半个时辰后，揭开包布，翻盘，那白嫩如玉的豆腐就展现在眼前了。吃一口，清香甘甜，入口即化，沁人心脾。

　　豆腐王卖豆腐从不吆喝，弄一电喇叭，也不放录音，只放音乐。三九严冬，也不含糊。狗皮帽一戴，嘴里喷着热气儿，任胡子眉毛全挂着白霜。有买的，他接过小盆，操起铲子，切下两块，送到盆沿儿，铲子一抽，冒着热气的豆腐就在小盆里了。乡里乡亲，豆也换，钱也卖，账也赊，多一点，少一点，他从不计较。赶上刘大爷出来了，爷儿俩常唠上几句，寒天冷地的，热气儿直喷。

豆腐王艳福也不浅，老婆长得如花似玉，人称豆腐西施。尤其那奶子大得要命，又穿个低胸衫，雪白的胸脯，不管哪个男人都想瞟上几眼。尤其是城郊那二流子，贼眉鼠眼，甚是好色，买豆腐时，眼不离胸，垂涎三尺，忍不住，硬是摸了一把，不偏不斜被豆腐王撞个正着。豆腐王二话没说，端起装满豆腐的盘子，扣他个满脸开花，要不是旁人拉着，非叫他站着来躺着回去不可。从此二流子再也不敢往豆腐王跟前站了。

在那疙瘩，说是谁家死了人，就是白事，得吃豆腐。不管哪家他都给整，可偏不给二流子。二流子游手好闲，在城里鬼混，逛歌厅，泡小姐。有一次干完那事儿他却没有钱，叫人家一顿狠揍，回家不久就断了气儿。豆腐王"呸"地吐了口唾沫，破口大骂："败类！什么玩意儿！死有余辜！"说什么也不给他整，二流子家人只得跑了很远到别处去买。

可刘大爷死的时候，豆腐王一身大孝，亲自做了一桌豆腐席。他记得刘大爷临终前，颤颤巍巍地握着自己的手，断断续续嘱托了一大堆的话，之后泪流满面，痛不欲生。他自己也一脸阴沉，可最后还是点了点头。豆腐王把刘大爷留下的钱，全捐给了小学。大家都知道，今年的一场大雨把学校冲垮了，孩子们还在草棚里坐着小木凳读书呢。豆腐王寻思着，怎么着也不能耽误了孩子，捐了钱，也算帮刘大爷做了件好事，虽然那钱还有那么点"说法"。

豆腐王的老婆是俊俏，可偏偏撒了种子长不出苗。刘大爷死的那年，豆腐王收养了一个孤儿，做了自己的干儿子。二十年后，这小子心灵手巧，豆腐做得花样繁多，胜过豆腐王当年，人称小豆腐王。豆腐王常对儿子说，这做人呢，就要像做豆腐一样，干净清白，掺不得半点虚假，更不能黑白不分，不然就会被世人耻笑，唾弃一生。小豆腐王频频点头。

在豆腐王悉心教导下，天资聪颖的小豆腐王很快承其衣钵，高度发扬"豆腐传统"。于是他的豆腐就如同他的人品，远近闻名，家喻户晓。好人品自然不愁好媳妇儿，豆腐王左挑右选，百里挑一，娶了一个儿子愿意、老人喜欢的俏媳妇儿，不久又生了个大胖孙子，一家人和和睦睦，其乐融融。豆腐王这才缓缓舒了口气儿——心里的一块石头总算落了地。因为在他的心里始终装着刘大爷的临终嘱托，生怕有一点闪失。刘大爷说，二流子是我的儿子，他的孩子就全靠你了……

豆腐王寿终七十八岁。走时无疾无苦，神态安详，了无牵挂。对着不是生父却胜似生父的父亲，小豆腐王哭得稀里哗啦，悲痛欲绝。他含泪挥舞工具，连夜做豆腐整整八盘，围其左右。凡是来吊丧者，皆以两块相送，以报平安。于是，那朦胧缥缈的白雾就在豆腐王的身体上袅袅上升，宛若洁白无瑕的灵魂，离开躯体，向天堂缓缓而去。

从此，人们就称小豆腐王为豆腐王了。

爱情原本是小事

鲁念安

第一次看到她，是七年前的中学开学典礼。十五岁的苏尘站在操场的正中央，阳光已渐渐收敛，初夏的雨水正要隐秘地落下来。他穿着过大的校服，用手紧紧地抓着裤子的下摆，防止它被踩进松软潮湿的泥土里。旁边的女生们一直在聒噪。清晨的空气里都是恍惚的味道。

他清楚地记得，那个时候，她就坐在校长左边的第四个位子上，不偏不倚，正对着他的视线。她刚从师范学校毕业，来到这所偏僻的北方小城的中学任教。苏尘，是她的第一届学生。

对于苏尘而言，学校并不是唯一可以选择的去处。十五岁之前，苏尘沉溺于街角隐秘的游戏厅，或是聚集在操场后面的空地上，和城里所有无所事事的少年一起半生不熟地夹着烟，这个年龄的少年，无知无畏，急于用一些方式来证明自己的成长，并乐此不疲。

而她，则是他从未见过的存在。她从温润的南方来，皮肤是北方女孩少有的象牙白的颜色，她的衣服和头发上永远有着一股淡淡的青草味道，她讲话的声音轻轻的，有着南方女孩特有的口音，她注视着你的时候，目光柔软，又好像有些漫不经心。

即使很久以后，苏尘还是能清楚地记得她。每一天，他最期待的事情，就是早上上课前的点名，每当她叫到他的名字，他便会有一种莫名的幸福感，好像那是只属于他和她之间的密语，任谁都无法理解。他甚至觉得，她在叫他的名字的时候有故意加重语气，与别人不同。

后来的苏尘回想起来，对他而言，那已然是一场初恋。成人的感情需要彼此的印证和强调，换来短暂的存在感，而那些少年的情感，则像是在春天里沉睡的植物一般，隐秘而又无所畏惧，只等着一场洁净的雨，便会此起彼伏地萌发起来。天真，脆弱，有始无终。

他们之间唯一的一次对话是在入学一年以后，那天下课，他在操场后的空地上，和一群人围在一起抽烟，抽到一半的时候，他突然听到有人说起她的名字。是高年级的学长，突然压低了声音，眉飞色舞地跟他们说："我哥们儿前天晚上有东西落在学校了，回来拿。走到校长办公楼附近的时候，看见有灯还亮着，就溜过去看看是怎么回事。你猜怎么着，就二年级的那个杨老师，跟校长在……"所有的人都伸长了脖子，瞪着眼睛，生怕漏掉一个字。苏尘觉得好像有一双冰冷的手，一下子抓住了他的心脏。他看着那张得意忘形的脸，突然觉得好像被侮辱了。

他几乎没有犹豫地，一拳打在那个人的脸上。

在教师办公室里，他站在角落里，鼻青脸肿，额头上还未干的血迹。她送走盛怒的教导主任，慢慢地推上门，走到他面前，看着他，轻声问，疼吗？苏尘只觉口中腥咸，低着头，一句话都不说。

她轻轻地叹口气，从口袋里拿出一条手帕，轻轻地擦掉他脸上的血迹。苏尘一动不动地感受着她手指的温度，空气都好像停滞在他的眼中。他看着她的手指，在北方寒冷的空气里，已经彻底被冻伤，好几处，都是青紫肿胀。

他一直都没有抬头。

是不是，每一个人，都有过一段无法向旁人提及的时光，无以诉说。身处其中，即便是再多寒冷亦会觉得安慰。然而年少时，却不愿去知，这世上，唯有爱，差不起一毫厘。

直到毕业的前夕，深夜，他趁母亲睡着的时候，偷偷地从家里跑出来。那已是冬天，寒风仿佛要刺入骨头一般。他在零下五摄氏度的天气里独自走了一个小时，到她家。他看到她的屋子里亮起的灯，她与一个男人在里面，大声地争吵着什么。他心慌意乱，一脚踢翻了院子里的花盆。里面的声音突然停住了，他从口袋里拿出那瓶满是体温的冻疮膏，放在她的窗台上，做贼一般地躲到了一边的角落里。她打开门走了出来，看了一圈并未发现异样。他看到她正欲关上门的时候却突然停下来，慢慢地走到窗台前，拿起那瓶冻疮膏，在黑暗中他看不清她的表情，只是听到校长叫了一声她的名字，她应了一声，轻轻地把门关上。他蹲在黑暗的过道里，抱着已经冻得麻木的双肩，突然就哭了。那一年，他十七岁。

整整七年，他再也没见过她。

他无法计量，也无法考究，这场暗恋的时间，它太过漫长，几乎耗尽了他的整个少年时代，他从一个孩子长成少年，又从一个矮小、一脸青春痘的少年长成一个有所担当的男人。他谈过几次恋爱，却都以失败告终。那些女孩子，都似一个模样，白皙，长发，眼睛灼亮。他曾经有过无数次与她相见的机会，都有意无意地避开了。他不知道，自己在害怕什么。

　　然后有一天，他终于决定，要与这些往事作一个了断。在别人眼中，他一直都是一个理智自律的人，对人对事有着清醒的判断。而这些少年事，他却从未对身边的人提及过。

　　他最后一次看到她，仍是在中学时的操场上，一年一度的新生典礼，他站在学生的后面，看到坐在校长旁边的她，她几乎已经完全变了样子，头发剪短至耳畔，皮肤微微泛黑。唯一不变的，仍是那口柔软的南方口音。他开始质疑自己，她是什么时候变了样子？或者，她原本便是这个样子，只是他忘记了。他突然有些懊恼。

　　散会后，她走到他面前。

　　你找我？她问。语气平淡，她已不记得他。

　　苏尘看着她，他曾无数次幻想过，他再见到她时的样子，可是当他真的面对她时，他却突然失语。他愣了一会儿，便从怀中掏出一条手帕。那是他十五岁的时候，从她手中接过的。那个时候，她用它轻轻地擦着苏尘的额头，无比温柔地问他，疼吗？那是他们的第一次对话，他记了整整七年。

　　她看了看那条手帕，并没有接过来，而是皱着眉头看着苏尘，说，这是什么东西？

　　苏尘看着她，然后轻笑，收起手帕，说，没什么，我弄错了。

　　他看着她走开，突然觉得释然，好像郁结在胸中的一口气，一下子喷吐而出，呛得他眼泪都出来了。

批 判 会

海 华

上世纪 60 年代一个清明节前的晚上，生产队长旺叔放下饭碗，就去找副队长："七叔公，你知道，这年头，自家养的生猪啥时候宰，都要上头批准。这阵子忙着插秧，没来得及去大队和公社食品站办理审批手续，明天就是清明节了，这队里一百多户人家，如不宰头猪，恐怕不行吧！"

七叔公沉吟了好一阵，笑了笑说："这样吧，我侄子大水养的一头猪约莫有三百斤，就叫他明天清晨把那头猪宰了，每户人家就可买两斤猪肉了。要是公社和大队追究起来，我们俩顶着。你说呢？"

旺叔思忖片刻，一拍大腿："行，就这么办，你去同大水交代一下。"

第二天，全村家家户户都买了大水家的猪肉，高高兴兴地过了个清明节。

不知是谁走漏了风声，大水偷宰生猪之事，第三天便被人告到了大队，大队又报告了公社的食品站，食品站又报告了公社，公社很快传出话来，要到该村召开一次批判会，以儆效尤。

消息传到村里，旺叔把七叔公和大水叫到家中商量对策。

　　翌日，旺叔先到大队，后去食品站，再往公社，一路低声下气地说明原委，再三表示一定要教育村民下不为例，恳请取消批判会。

　　然而，任凭旺叔口水讲干了，均于事无补。临离开公社时，公社财贸助理语气坚决地嘱咐道："尽管大水偷宰生猪经队里默许过，但审批权并不在队里，为教育社员，批判会不可不开，具体日期等候通知吧。"

　　回到村里，旺叔又一次把七叔公和大水叫到家中，坦然相告："求情已行不通了，看来，到时只得委屈一下大水了。"大水嘿嘿笑道："没事，顶多是违规，难道还能开除我的村籍不成？"大水走后，旺叔又同七叔公如此这般地交代了一番。

　　几天后，村里召开了社员大会，内容自然是批判大水偷宰生猪，大队的巩副支书、食品站的连副站长受公社财贸助理的委托，参加了大会。

　　大会一开始，旺叔首先粗声大嗓地开了腔："各位父老乡亲，今天我们召开大会批判大水偷宰生猪。什么叫偷宰生猪？就是没有经过公社和大队的批准，私自把自己养的猪宰了，据公社和食品站的干部说，这就叫无政府主义。这事呀，不仅大水要斗私批修，而且我们每家每户都买了大水的猪肉吃，也要斗私批修……"

　　这时，人群中开始有些骚动，不少人在东张西望窃窃私语……

　　少顷，旺叔大声宣布道："请大家静一静，现在，请七叔公发言。"

　　"乡亲们，大水虽说是我的侄子，但我帮理不帮亲。大水啊，你的胆子也太大了，竟敢偷宰生猪，害得全村人买了你的猪肉吃,还要陪你开批判会。嗨,你以为你是谁?你既不是县级干部,县级干部可以餐餐吃(猪肉);你又不是公社干部,公社干部可以天天吃(猪肉);你也不是大队干部,大队干部可以墟墟(赶集日)吃(猪肉);你只不过是一个普普通通的农民——过年时不是刚刚吃了猪肉吗?如今才过了几个月,怎么嘴就这么馋,又想吃猪肉了……"

未等七叔公的话说完,不知是谁带头笑出声来,转瞬之间,整个会场的嬉笑声此起彼伏……

这时,坐在主席台上的巩副支书小声地对连副站长嘀咕:"这叫谁批谁呀?"

见时间差不多了,旺叔满脸谦恭地对巩副支书和连副站长耳语道:"两位领导谁先作指示?"

巩副支书和连副站长几乎是异口同声地说:"不必啦,我们还有事,先走了,今天的批判会就开到这儿吧。"

雪下得那么深

江 薛

回家喽！

是啊，春节马上就要到了，春节一到，家就近了。年轻的小伙子姑娘们，都仰起最温暖的笑脸，心里满是兴奋和激动，真是比发工资那几天还满足。

这是2007年的深冬，一个非同寻常的冬天。

坐在工位上的永海，眼神痴迷，动作僵硬。车间里，五湖四海来的兄弟姐妹，而今心里全装着一件东西——家。有些人兴致高昂，热烈地讨论家乡的风土人情，有些人跟永海一样，手里干着活儿，思想早神游到了家里。

同欢河到了中游，河水欢快地扭起腰来，这方土地就被扭得平坦肥沃。到了村尾，扭够了的河水一个转身，向北而去。河水北去的拐角处，站着几棵老柳，柳树下，有一个红砖青瓦绿栅栏的院子。这个院子便是永海的家。慈祥勤劳的父母，温顺而勇敢的小黄狗旺财，贪吃的大肥猪，有着粗壮尖角的大水牛，一切是那样亲切而鲜活。家的味道，让永海的嘴角绽出了笑意。

笑意还在继续，对面工位忽然传来啊的一声，紧接着，一个什么东西飞到了永海的面前。来不及闪躲，永海本能地用手挡了上去。飞过来的是一张锋利的锯片。只是那么一瞬，永海结实的大拇指成了牺牲品，与手相连的只剩薄薄的一层皮，鲜血像烟花一样喷出来。车间陡然静下来，然后一阵忙乱，永海觉得有些眩晕的时候，听到了急救车的声音。

手术。住院。

麻醉醒来的手指传来钻心的痛。更让永海揪心的是，这个样子是万万不能回去了，回去了爸妈不定会伤心成什么样。但问题是早就跟他们说好一定回家的，现在，这谎要怎么撒呢？来看永海的工友都帮忙想，可谁也没想出个法子。

这天，焦躁的永海打开工友为他解闷买来的报纸，一条新闻让他激动起来——湖南冰灾严重，高速封路，铁路断电。好，就找这个借口，永海赶紧去摸手机，手机却在这时响起来。

一个陌生的号码，电话那头却是永海爸。

"爸，家里换号码了？"

"没在家呢——我在外面！"

"做什么？"

"办年货，我正在县城办年货！小海，爸跟你说个事。"

"我也有事跟你和妈说，正准备往家打电话呢！"

"哦，那你先说。"

"爸，你看新闻了没，今年的冰灾越来越严重，高速路铁路都不能跑了，我……我怕是回不去了。"

"嗯——"

"对不起啊爸，跟妈说，明年，明年我一定回！"

"嗯——"

"爸，不是有事跟我说吗？"

"对对……没事没事，就是问问你还好不好。回不了家，一个人在外别挂念家里，过年了别不舍得花钱，买两件新衣服，吃好点，听到了？还有，家里电话坏了，别往家里打电话，我打给你，啊？"

"嗯！"永海重重地点点头，眼里再也藏不住滚烫的泪水。

永海爸搁下电话，满意地笑了笑，跟着望一眼满天飞舞的雪花，重重地叹了口气——儿啊，爸就是不想让你回来啊！

铁路恢复通电，高速路上有无坚不摧的解放军破冰铲雪。早就订好票的工友们，虽走得有些艰难，但大部分仍然安全踏上了回家的路。

永海躺在床上，每天最重要的便是捧着报纸看新闻。十几个省受灾，其中重灾区便是永海的家乡。这场雪灾考验着整个中国。最令永海着急的是，家乡的那个市已经连续两天上了报纸，说是灾情严重，可无数次拨回家的电话，都没有回应。

永海只要一闭眼，便是漫天白雪。

今天已是除夕，惦记着家里的永海怎么也高兴不起来。报纸上再一次看到家乡的名字，让他头一回品尝到了什么叫煎熬。能做些什么呢？永海只有把手机一直抓在手掌里，盼望来自家乡的声音。

悦耳的铃声，终于在这个时候响了。

是永海的父亲。

"爸，家里情况怎么样？报上说咱们那儿灾情严重啊！"

永海爸笑了笑，说："就知道你担心。"

"快说啊，到底怎么样？"

"咱们一个市多大？一场雪能将整个市冻住？有些地方比较严重，我们这儿挺好的，雪是大了点，也没成灾。"

"是不是啊？"

"今天我上县城补点年货，知道你担心，专门给你打的这个电话。你说是不是真的？"

永海松口气："那就好，那就好！"

"你呢？过年新衣服买了没，准备怎么过啊？"

"新衣服买了，很多工友没回家，我们这里热闹得很呢！"

"那就好，那就好！"

挂电话的时候，永海是笑着的，永海爸也是笑着的。

好了。

永海爸转过身，抱住怀，望一眼雪白的世界，赶紧往回赶。十天前，久冻了的老柳经不住积雪，轰隆一声砸在了永海家的房顶。人没事，房子却塌了。永海爸得回临时救灾房里，策划怎样让来年回来的永海，看到一个像以前一样的家。

坐车进城

邵孤城

秦巴子进城，走着走着，看见前面有一群人。这些人是在等车。

秦巴子手伸进兜里捏了捏。这时候，一辆车来了。秦巴子挤进人群里，争先恐后地抢着上车。秦巴子上了车，车子里很拥挤。别说座位，连走道上也站满了人。

车门关上。售票员开始叫着卖票了："上车的买票了啊，买票了！"

"快买票了啊，买票！"

人群里骚动好一阵。好一阵骚动过后，平静下来。售票员又开始叫了："还有一个，谁没买票？快点买票！"售票员的声音听起来有点儿着急。

车厢里的人四下打量着，最后，所有人的目光都投向了秦巴子。

"大爷，你，还没买票？"

"没买呢。"

"该买票了。你要去哪儿？"

"我知道该买票了，可我忘了带钱。"

"你没带钱怎么就上车了，快下车回家拿钱，拿了钱再进城！"

售票员回头对司机说："停车，让这位大爷下去，他出门忘带钱了！"

司机慢慢减速，然后刹车，车子前后摇了两摇，停了下来。

秦巴子只好下了车。看着那辆车抛下他后扬长而去，秦巴子狠狠地啐了一口："这些开车的，良心全让狗吃了！"

秦巴子继续进城，走了没多久，他又看见前面有一群人。

秦巴子加快脚步向那群人走去，和他们一起站在那里等车。

车来了。秦巴子上了车，车子里很拥挤，别说座位，连走道上也站满了人。

车门关上，售票员开始叫："上车的买票了啊，买票了！"

"快买票了啊，买票了！"

人群里骚动好一阵。好一阵骚动过后，平静了下来。

售票员又开始叫了："还有一个，谁？没买票的，快点买票！"

售票员的声音听起来有点儿恼怒。

车厢里的人四下打量着，最后，所有人的目光都投向了秦巴子。

秦巴子左右掏着口袋，掏着口袋想掏出点儿钱来。掏了半天，秦巴子说："同志，我的钱包给人偷了！"

"你怎么一上车钱包就给偷了呢？"

"我上车的时候钱包明明在的，可现在怎么也找不着了！"

"钱包偷了你就该报警！现在这世道，不报警不行！"

售票员回头对司机说："停下车，停下来让这位大爷下去，他得去报警！"

司机慢慢减速，然后刹车，车子前后摇了两摇，停了下来。

秦巴子只好下了车。看着那辆车抛下他后扬长而去，秦巴子狠狠地啐了一口："这些开车的，没一个好东西！"

秦巴子继续进城，走了刚一会儿，就看见前面站着一群人。秦巴子赶紧跑过去，和那群人站到了一起。就这样，秦巴子又一次上了车，车开出一段路，又一次给赶了下来。

秦巴子就这样上车下车进了城。

进了城，秦巴子还不知道进了城。秦巴子看见面前的一幢大楼："这是哪儿啊？这不是电视里的市政府吗？只有城里才有市政府啊！"

什么是沙漠中看见绿洲？秦巴子说："奶奶的，这就是沙漠中看见绿洲！"

秦巴子逢人就打听东风机械厂怎么走。到了东风机械厂，在门卫室登了记，进去了。

秦巴子在一个车间门口左右张望了两下，瞅准一个年轻人喊："军……"

年轻人赶紧跑出来："爷爷，你怎么来了？"

秦巴子手伸进兜里掏出一个纸包，拉过孙子的手，一把拍进手心里，说："拿好了！"

"我怎么能拿爷爷的钱呢！"

"你不拿我的钱，谁拿我的钱？"秦巴子忽然看见孙子的手受伤了，"你的手……"

"没什么，一点儿轻伤。"

"每次见你，没有不带彩的。这活儿真不是人干的，要不，军，咱不干了，跟爷爷回家！"

"那哪儿行，赚了钱，才能把债还了。我爸临终前说过，工程欠下的钱，哪怕剩最后一分，也要还清！"

"你爸都不在了，再说，你爸也没给打欠条……"

"那是我爸，乡亲们才借的钱！我爸说，那都是乡亲们的血汗钱哪！"

"那是，那是！"秦巴子看着孙子的手，"加上我给你的，还剩多少了？"

"不少！"

"嗨！"秦巴子叹息着，"那要不你去忙你的吧，我还得赶紧回去，今天得给家里的母猪配种呢！"

看着孙子回去了，秦巴子也转身离去。走了没几步，听见孙子在叫他："爷爷，路上小心！"

"放心吧，你爷爷今天是坐车进的城！"秦巴子回过头，"待会儿，我还坐车回去！"

平静的早晨

崔　立

　　这是一个平静的早晨，才八点多。因为是星期日，马路上的行人，并不很多。

　　他就坐在马路一侧的一家小餐馆里，慢条斯理地吃着早餐，间或，会看一下对面。

　　小餐馆的对面，是一家银行。

　　时间又过了几分钟。银行的大门，徐徐地被打开了。有一个保安，看上去年纪有些大，打着哈欠，拉开了卷帘门。保安的腰间，别着一根黑黑的棍子，不停地在晃动着。

　　这家银行的位置，有些偏远，来存钱取钱的人，一直不是很多。

　　今天也不例外。三三两两地有人进去，他数了数，也就七八个人。

　　早饭，他吃得也差不多了。他摸了摸随身带着的公文包，刚琢磨着想站起身，就看到惊人的一幕，一个男人，以极快的速度，从马路这边跑到了银行那边。在银行的门口，男人的手中，突然就多了一把枪。然后，他就看到男人打倒了那个年老的保安。那几个存取钱的人，缩在了银行的一角。男人把枪又对准了柜台内的几名工作人员……

他坐的座位，视线正对着那家银行，整个过程，他都看得清清楚楚。他简直看呆了。他摸着公文包的手，不由自主地缩了回来。

餐馆里的许多人都看到了这一幕，有人颤抖着手，拨通了110，说，我报案，这边的一家银行，有劫匪，地址是……

他眼睛一眨不眨地看着银行里的那个男人。他看到那个男人在叫嚣着什么。估计是在问他们要钱。他还看到，果真有钱，从柜台里递了出来。那个男人接过，似乎是嫌少，又比画着手中的枪。

警车很适时地赶来了。五辆警车，一字排开，把银行门口全部包围了。

他的心头猛地一惊。警车比他预想中的来得要快。那个人报案时，他看过时间。他原本算过，一辆车从公安局开过来，按着实际距离测算，应该需要七分半钟，但这些警车，刚五分钟就到了。

真的是快！他的脸莫名地抖了一下。

那些警察，已经把银行包围得水泄不通。有一名警察，应该是里面的头，站在银行门口，拿着喇叭喊，把人质放出来，你有什么要求我们都可以满足。他看到那个男人脸上的恐慌，他也许也没料到警察会来得如此之快吧。男人有些气急败坏，说，你们赶紧撤走；还有，给我一辆车，要加满油的。

一名领头的警察喊了声，好，别激动。手挥了挥，许多警察都纷纷往后撤。

仅仅三分钟，一辆车就被送来了，停在了银行的门口。

但与此同时，他分明看到，在对面的银行屋顶上，匍匐着几个穿迷彩服的人，他们的手里，都握着枪。枪口，正对着银行的门口。

他的脑子里迅速闪过三个字：狙击手！

原本在银行门口的警察们，早已经散去。

那个男人，手里拿着枪，枪口顶在他前面的一个女人头上。女人整个人都颤抖着，眼睛闪着泪光。女人的整个身体，阻挡在男人的前面。这也是男人保护自己的一个举措。男人的手里，还拿着满满当当的一袋东西，里面，应该塞满了钱。

男人拉开了那辆警车的门。男人喊着让女人先进车子，女人的整个人都进去了。仅仅是瞬息之间，男人的头，几乎是以最快的速度往车里缩，但还是来不及了。就听见一声刺耳的"砰"的声音，男人的头上，顿时像开了一朵艳丽的花儿。男人整个人就软了下去，直到躺倒在地。

恍恍惚惚间，他看到有警察在来来回回地走，他还看到几个保安在冲洗着地上的血迹。

不知何时，他的额头上已经满是汗水。他不自觉地擦了擦汗水，再定睛往窗外一看，警察不见了，保安也不见了，来来往往的，都是行色匆匆的路人。

就好像在一个瞬间，一切都恢复了平静，平静到似乎这个早晨，什么事儿都没发生一样。

他的心头，却始终平静不下来。

他在那里，又坐了好一会儿。

最后，他离开了小餐馆。

他没有带走那只公文包，他觉得，已经没有必要拿了。

公文包里，有一把仿真手枪。

一把足以乱真的仿真手枪。

最干净的太阳

石建希

从学校分到乡上站所，人地生疏，每日的时间，还有空间，多出来一大截。

不少人下班后喜欢约在一起打打球，累得一身臭汗，或者凑个局，胡侃，喝酒。

这些事，章明从不参与。办公室外面多的是青山绿水，看着就让人舒坦。

出办公楼大门往左走三十九步，有家照相馆。一个师傅，两天也摊不着一个顾客，闲。那时照相还是个新鲜事，不是不喜欢，算是个耗钱的事，吃不能吃，穿不能穿的。那个闲字从嘴里冲出来，像一颗青梅，不，像夏天桌子上放了三天的豆腐。八分看不起，后面还拖着二分的抱怨。

也是，你照得再好，总没有原生的鲜活；你照得再好，也不能老拿来给旁人看着，没劲。

不知道啥时候，章明喜欢上了照相。攒了半年，他买了一台照相机，凤凰牌。

脖子上吊着个相机的章明不合群。都说，这个小年轻，手里照相机对着青山绿水，心里牵挂的还不是城里那些椅子章子，相机都是凤凰牌的，为啥不要海鸥的呢？

章明还真是牵挂着城里的。城里有张满月脸，一笑起来就眯缝成一条线，脸色绯红，像太阳。

后来真的就回了城。城里人多，有相机的也多。章明还是不入摄友的法眼，不说设备，对，不叫相机，叫相机太古董了。照相变成了艺术，就讲究美学、构图、艺术、永恒，反正都往高往大往上了靠，章明跟不上，没劲。

大凡领导都有追求。可巧的是新来的领导特别喜欢摄影，车里随时都放着个大摄影包，一台尼康相机，三只镜头，单是一个长焦镜头，就是好几万。

领导的设备经常换，很少用上一年半载的，看着就让行内人心里坡坡坎坎的。局里懂摄影的人不多，局长带着章明去省城第一百货大楼摄影器材柜台，用自己九成新的镜头换了一个最新款式的镜头。

没办法，领导就是喜欢镜头，佳能、尼康、哈苏，领导喜欢那些能够让人物的每个细节愈发纤毫毕现的镜头。局长喜欢人像摄影，擅长抓拍动态瞬间。

章明也换了相机，巴掌大的卡片机，方便。留个影，到此一游可以，要说艺术，那是两道门的距离。

领导也笑话章明，不是说相机，是说他每天面对办公室那朵花——新来的女大学生，据说是某大学的校花，摄影水平也没有一点点进步。

章明挠头，这些年他基本都是拍风景，尤其是太阳，变化不大。

领导叫章明发挥业余专长，组织摄影活动，让办公室的人都参加。

照相成了专长，尽管是业余的，章明还是有些激动，或者说紧张吧，搞得晚上都失眠。失眠的人白天自然就精神不大好，活动就一直拖着组织不起来。

直到领导升到市里，直到办公室女孩的长发变成了板寸，黑发变成了金发，指甲上涂满花朵，章明的业余专长也没有用上。

有人来查证领导和花朵的事情，章明说的都是自己眼见过的事，全是软乎乎的，编不成一条柔韧的绳子。不过，章明的失眠症突然好了，一切都回到从前。

局里对口支援滇南一个小县，章明下县里去了。在那个民族乡，带着山上寨子里的村民种土豆，修厕所修厨房。人说，瞎混呗，没劲。

那里雨季旱季分明，满目青翠。梯田都是世界文化遗产，基本天天能见着太阳。哪怕是雨季，太阳都站在彩虹的后面。

阳光总是潮水一样漫过镜头里的村庄、山丘、田野和河流，它们就像寨子里的哈尼歌手，唱起歌来，单纯直接。一个亮点从黑夜里浸出来，渐渐成为乳白的一条线，把黑幕撕开一道裂缝，周围的黑暗彼此囧顾，乳白的亮色化作红彤彤的光乘虚而入，黑色像残冰一样迅速融化变薄，要不了多久，天地村庄的轮廓就从夜幕中映现出来。

没两年，章明存下来的照片数量，比过去全部的朝阳照片还多。

偶尔他也会把那些不同时间、不同地点的照片翻出来，全是红色的太阳，橘红杏红桃红，玫瑰红杜鹃红宝石红，还有勃朗蒂酒红，呵，深浅不一的红色，有乌云烘托镶嵌着金边的太阳，有碧如大海举托的太阳，这样反复地看来看去。

　　看着照片，章明就会想起阳光从空中倾泻过来，洒下来的一路明亮，落在寨子的新房上，把人和墙壁都染得橙红浓稠，温润得像包浆的玉米，或者落到窗外翠绿的树叶上，还有带露的花蕊上，折射出斑斓的光芒。

　　章明咧开嘴，露出八颗牙齿来。

　　他就喜欢那样干净的太阳。

精 钩 子

黄红卫

我们厂子有个电焊工，吃用开销样样精明，人称"精钩子"。

其他不说，先说说精钩子的座驾。

最初，精钩子的座驾是辆二八式永久自行车。这辆车是精钩子送给未婚妻的聘礼，精钩子担心肉包子打狗，私下与未婚妻交代，结婚时，你得把它骑过来。未婚妻怕家里不肯。精钩子说，我有办法。

接新娘子那天，精钩子精心策划了一支迎亲队伍——三辆自行车，四男一女。距新娘家百米远时，精钩子故意把一只胎弄瘪。精钩子码得准准的，岳丈家方圆两公里内找不到一个打气筒。精钩子风光无限地蹬着那辆崭新的永久，载着新娘子凯旋。

凯旋的精钩子趁着酒劲儿对新娘子说，这车要是不骑过来，你也休想跟过来。

新娘子说，难道车比我重要？

精钩子说，更比我重要。

有一次下班，途中恰遇狂风暴雨，精钩子找了处屋檐，眼看挡不住，便脱下秋衣秋裤捂在笼头上。半小时后，天放晴，精钩子不忍泥浆溅脏辐条，扛在肩上，徒步而行。不过，这次失算了，当夜，他发高烧、说胡话，把一向言听计从的婆娘吓得六神无主，以为精钩子被野鬼纠缠，趁夜烧了一刀又一刀黄纸头。

退烧后，婆娘邀功，精钩子恨不得甩过去几个耳刮子，谁叫你破费，哪来什么野鬼！

电瓶车风靡之初，厂子沿墙根盘起一长溜儿车库。精钩子的自行车，挤在五颜六色的电瓶车里头，就像一群花姑娘簇拥着一个风烛残年的老翁般显眼——油漆剥落、锈迹斑斑、笼头还骨折过——被婆娘饲养的大肥猪弄的。婆娘说，借个平板车把大肥猪拉去卖。精钩子说，你这婆娘真不会算计，犯不着欠人家一份情，我这是上班顺带。精钩子把猪的四条腿捆扎后往车上绑，哪知猪的蛮劲比他足，"吼"的一声屁股一撅，自行车"哐啷"倒地……精钩子心疼得直跺脚，真想甩婆娘几个耳刮子。他怪婆娘没把车笼头抓牢。婆娘说，这自行车该淘汰了。

精钩子不理睬。

精钩子说，电瓶车有什么好？费电！精钩子说，你想不花力气跑得快是不是？要力气干吗？力气不是钱，存在那里还能生钱！婆娘自知说不过，用偷偷摸摸攒起来的私房钱买了辆脚踏式电瓶车，谎称是娘家人送的庆生礼物。

既然是白捡的，精钩子乐意一试。

哎哟妈，果然爽！得意当口，斜刺里杀过来一辆簇簇新的踏板式。两车相交那刻，精钩子尚在犹豫：到底急刹不急刹？刹的话，肯定比自行车更损钢圈更损刹车皮……"哐"的一声，精钩子的车笼头扭得像麻花。

精钩子边用红药水涂皮外伤，边对婆娘说，你娘家太精明，人家那踏板式牢啊，连人带车毫发无损。

女儿大学毕业那会儿，想考研。精钩子说如果不考，能不能找到工作？女儿说能啊，已与男朋友一道被上海某钢材公司聘用。精钩子一巴掌击在桌面上，那还绕什么弯弯！接下来，你们要掌握的是社会经验与实战经验。

不过三年光景，精钩子问女儿女婿，有没有看出一点点门道道？小两口说认识了一批关系户。精钩子说，好，你们可以自立门户了！女儿说资金凑不拢。精钩子说，我支持！婆娘说，老本儿不能抠。精钩子挥挥手说，妇人之见，一边去，钱要花在刀刃上，你愁女儿将来不孝顺？

精钩子一下掏出八十来万。

婆娘吓得不轻，旋着腿儿说，哎哟妈耶……哪来这么多？能买套房子！

精钩子不屑，你只知道房子房子，我精钩子起早贪黑揽私活儿为啥？我精钩子精明一世为啥？

不到退休，精钩子急忙忙去了上海。

女儿说，爹过来能干啥呢？

精钩子说，我认1、2、3、4……让我守仓库，仓库里猫腻多。

那天，精钩子回苏北帮婆娘农忙，顺道来厂子遛遛。精钩子的座驾，是辆"大众"，精钩子说是女婿发给他的奖金。

工友摸着汽车轮子打趣，遇着急刹怎么办？

精钩子呵呵一乐，该刹就刹。OK！

工友说精钩子说话夹洋屁了。

精钩子说，入乡随俗，习惯了，憋不住。

精钩子原名叫金长贵。

偷 瓜

郑成南

父亲说，我出去，看能不能找点东西回来。父亲走后，四个孩子抱在一起，惊恐地望着黑夜，都是深陷的眼睛，黑洞洞，面黄肌瘦，缺营养。那时候，乡下都穷，吃了上顿没下顿。一会儿，父亲跑回来，有些紧张，怀里露出两个白白的瓜。父亲用拳头一砸，瓜裂开了，两个瓜，分四半。瓜嫩，瓤白，味生。父亲说，快吃吧。孩子们张开大嘴，肆意啃起来，连皮也没剩。父亲松一口气，说，现在，都上炕睡觉。孩子们爬上炕。这时，闪进一个男人。

男人是守瓜人。男人说，你偷了我的瓜。父亲说，是。男人狰狞起脸，挥舞着手上明晃晃的刀，对准父亲，说，跟我去见村干部！然后，拽起父亲，往外走。男人五大三粗，父亲瘦弱，不是他的对手。男人一用劲，父亲就被提起来，轻而易举。父亲不害怕，一副敢作敢当的样子。

见了村干部，村干部说，偷几回了。父亲说，三回。村干部说，几个瓜。父亲说，六个。村干部说，六十块钱。父亲不吱声。村干部接着说，六十块钱，确实多点，不如此，制不住人。父亲说，好。没钱，打欠条。村干部代笔，父亲按指印。

没多久，父亲又去偷瓜。被男人提去见村干部。村干部说，一个瓜十块钱，你看值吗？父亲说，不值。村干部说，不值，你还偷。父亲说，孩子饿。村干部说，孩子饿，你就不能想别法。父亲说，想不出别法。父亲又打了欠条。

后来，日子慢慢好起来。孩子大了，出去打工，能赚钱。父亲还清债，把欠条一张张烧了。孩子说，父亲老了，过几年安闲日子。父亲不，每年坚持种瓜。父亲在瓜地旁盖一间草屋，晚上，父亲抱一床被褥，蹲在草屋里。父亲静静地坐着，点着烟，星星烟火，一闪一闪，如心跳。有人说，现在，大家都富裕了，瓜不稀罕。不用守，没人偷的。父亲说，瓜熟了，总会有人来偷的。父亲有自己的盘算。一天晚上，父亲蹲在草屋内，嘴里的烟抽完了，想换一袋。忽然，听到瓜地里有声音。有人偷瓜，父亲有了精神，忙丢下烟杆，跑出去。月色朦胧，父亲踩在瓜地里，小心翼翼。父亲不敢发声，远远站着看，怕惊动偷瓜人。突然，一个东西猛地向父亲冲来。父亲定睛一看，原来是一只獾子。父亲松一口气，显得失望。瓜过了季，熟裂了，开着口。父亲仍不摘。父亲说，咋就没人来哩！村里人知道，父亲心不甘，当初偷一个瓜，赔十块钱，那是羞辱。现在，他要抓个偷瓜人，一个瓜也让他赔十块！

父亲夜夜把守，不敢马虎，像个战士，却没人偷瓜。连续几日雨，所有的瓜都烂在地里。村里人惋惜，父亲无语。第二年，父亲仍种瓜。父亲种瓜，只为等偷瓜人。瓜熟时，夜里抱一床被褥，蹲在草屋里。父亲想，总会有人来偷瓜的，瓜长得多好啊。那一夜，父亲果然见到一个偷瓜人。父亲听到声音，从草屋里出来，小心谨慎，比当年偷瓜还紧张。远远站着，父亲看到一个人，弯着腰，摘下一个瓜，放进袋子内，又摘下一个……差不多装满袋子了，才离开。父亲急，夜黑，摸不清生熟，就废了。父亲远远站着，不吭声，心里却得意。第二天，父亲查看瓜地，一脸失望，昨晚的瓜，多半废了。父亲说，有人来偷瓜了。一脸骄傲。有人说，抓住没，谁，现在还偷瓜。父亲说，没抓住，夜黑，看不清。父亲找来白纸，写上字，一张一张贴在瓜上。晚上，父亲蹲在草屋里，不敢抽烟，他想，偷瓜人一定会来。没多久，果然来了，父亲走出草屋，远远站着。偷瓜人弯着腰，不像昨夜，急着摘，不顾瓜熟瓜生。今夜，专找贴有白纸的瓜，省力多了，白纸上清清楚楚写着一个别扭的"熟"字。没多久，就装满袋子。然后，背着离开。重了，显得吃力，一个趔趄，险些摔倒。父亲急在心里，想喊，喉咙内上来一口痰，噎住了。

　　一地瓜，被偷瓜人摘完了。每夜，父亲远远站着，看偷瓜人背着瓜离开，没抓住一回。父亲眼睁睁看人偷瓜，不抓，成了村民的笑柄。孩子也不解，说，你这不是守瓜，是指引人偷瓜呢。父亲说，她有难处，丈夫死于矿难，家有三个孩子。一个寡妇，迫不得已才偷啊！

　　几年后，父亲病逝。那天，一个妇人，拉着三个孩子，一路跟着父亲出殡的队伍，哭了一路。

初　恋

高沧海

男人

我说我已经老了，女孩说她不在乎，她说她第一眼就爱上了我。

我说我非常爱我的妻子，我们相濡以沫一起生活了二十年，不能离婚。女孩说，离婚多麻烦，我们可以私奔。

女孩给我一个皮箱，让我装上我的家当，元宵节晚上，宙斯喷泉广场上第一束烟花升上天空，我就要提上皮箱出发。女孩淡淡地说，如果你不出现，我决不等第二束烟花从天空坠落，槭树上的红灯笼，会照耀我的尸体，我的身体上写满你的名字，还有你的大幅照片。这一切，女孩威胁我说，这一切将跟今晚的烟花一样，出现在第二天《幸福早报》的头版头条。

我只有提上皮箱跟女孩会合。

宙斯喷泉广场上的烟花此起彼落，女孩兴奋地说，我们离开这里，我们坐火车、坐轮船、坐飞机，天涯海角、海角天涯，我爱你！

我想起我的妻子，就在刚才，我拉着皮箱，她替我把门打开，一直把我送到电梯口。我不想走，我拥抱她，她却把我推开。打心底说，眼前这个发誓要和我私奔的美丽女孩，让我这个老家伙做她爱情的主角，很是让人意乱情迷，但是我更爱我的妻子，我只好把这事件归咎于一个孩子的恶作剧。一阵疼痛汹汹涌涌袭身而来，我痛苦地扔掉皮箱，捂着胸口倒在地上。女孩惊慌失措，你，你怎么了？我艰难地指着皮箱说，药，我的药……女孩在皮箱里摸来摸去，把我的家当扒拉得到处都是，我看到她甚至被我皮箱中那些乱七八糟的东西绊了一跤，我嘶哑着声音说，快，快，给我药。女孩哭着跑到我身边，没有，没有，一粒药片也没有……

我挣扎着，在昏迷前告诉女孩距离最近的第一人民医院明月医生的电话号码，明月医生一直是我的主治医生。

明月医生

我往男人嘴里塞了两个药丸，然后拍着他的脸说，好了，别装了，女孩走了。

男人从病床上呼地坐起来。

我问，她是你什么人，你的病危通知书需要亲属签字，她就摇头一直哭，哀求我一定要救救你，等我问她要不要给你临终告别，她就哭着跑走了……当然，我从窗户里一直看她上了出租车。

男人长出了一口气，阿弥陀佛！

我揪着他的耳朵说，老家伙，说实话，是不是真的想跟那女孩走？

他连连作揖说，不敢，不敢。

我，第一人民医院的明月医生，是男人的媳妇儿。这家伙哪里都好，唯一的缺点就是太帅气，像一只蝴蝶，飞到哪里都受花朵们欢迎。他还不服气，他说，媳妇儿，本尊是长得帅了些，那是没办法的事，但，我以我心向明月，遇上那些爱幻想的小姑娘，这不都是交给你来打理？

　　男人变戏法似的从怀里掏出一枝玫瑰，他说，媳妇儿，装死太辛苦，还容易穿帮，下次再吓唬小姑娘，咱换换样好不好？

　　他突然想起来，问我刚才给他吃什么药。我说，鱼肝油丸，让你长长记性呀，一大把子年纪了，还在人家小姑娘面前装酷，再有这样的事，我可不再帮你，你就扯个破箱子走天涯去吧。

　　男人把我拥入怀里，亲爱的，对不起，我真不是故意的。

女孩

　　因为绝望，还有无助，那个元宵节的晚上，我远远地逃离了他，我的爱情才刚刚开始，他却就要死去。我一直不知他的墓地在哪里，我爱过他，终有那么一天，我要在他的墓碑前，献上一枝红玫瑰，跟他说，对不起。

　　宙斯喷泉广场依旧还在，大风车也还在，河流边的花园里，透明的暖棚里盛开着郁金香。我恰巧站在一群老年人排演的广场舞队伍一边，看他们鱼贯地前行，手臂张开，迟缓地挥舞奇怪又单一的动作，白发苍苍。

　　然后，长长的队伍里，我看到了他，是的，是他，二十年过去了，我还是一眼就认出了他，就像当年一眼爱上他，爱上他眉心那颗动人的朱砂痣。

　　就像是一个梦，当年龙灯花鼓夜，与君仗剑走天涯……而现在，我就站在他对面。

我从来没有想过我们会这样相逢，我一直以为，当年一别就是一生一世。我很奇怪此时此刻的自己，好像这场爱情里我早已置身度外，他还活着，这已足够。

槭树上挂满了红灯笼，很快，就会有无数的焰火升上天空，照亮河流，就像二十年前一样。我突然意识到二十年前他猝然倒下以及后来所发生的事情，是何等的漏洞百出。

熙熙攘攘的人潮中，我看着他笨拙地张开手臂，挥舞着奇怪又单一的动作，圆滚滚的身体东摇西晃，像一只憨态可掬的小鸭子，我笑了。笑着，笑着，但是，我却捂住了脸，当年那个头顶着一头蝴蝶花、如梦如烟的小女孩，一个人，静静地哭了。

进城的路

孙明华

三很早就被爹叫醒了。

爹说，三，快起，爹带你进城看病去。

三两眼起初尽是茫然，接着就熠熠地放光，说，爹，真的，您真的带我进城看病？

爹看着三的腿，默默地点点头。三的腿上长了个掌心大的脓疮，再不治疗怕是整条腿都要废了。

三就一骨碌从床上坐起来，才知道那条长疮的腿怎么也抬不动。三说，咋去，爹？

爹说，爹背你！

三说，有六十里路呢。

爹说，爹背你！

三说，爹……泪水就涌了出来。

爹背三上路的时候，鸡则叫头遍。

三被进城的喜悦充溢着，三说，爹，城里好不好？

好着哩。爹说。

咋个好？

咋个都好。

咋咋个都好？

爹回头瞟三一眼，说，城里有楼呢，那楼那个高啊，像咱这里的奶头山似的；城里有火车呢，那火车像条蜈蚣似的，长着呢，还牛一样，哞哞叫……

三从没进过城，三被爹讲述的高楼、火车，还有城里的一切美好的事物诱惑着，恨不得插上翅膀，马上飞到城里去。

天说亮就亮了，风说起就起了，雨说来就来了。

三和爹被淋得浑身精透。爹背着三开始大口大口地喘气。三不忍。三说，爹，歇歇脚，避避雨吧。

爹把三的屁股往上托了托，说，走吧，还没走一半路程呢。三搂紧爹的脖子，呜咽着说，爹……

爹站住看看天，又瞧瞧三，找棵枝叶茂密的大树，把三放下来，说，要是不下雨多好。

三说，要是有辆车多好。

爹说，要是路不黏多好。

三说，咱要是住城里多好。

住城里？爹笑了。

对，住城里，城里有医院呢。

爹想了想，也是……

爹和三就这样你一句我一句地憧憬着，末了，爹瞅瞅三，三瞅瞅爹，两人便哈哈大笑起来。

那时，三忘记了疼痛，爹忘记了疲劳。

爹背着三又走了一段，就实在走不动了。

雨越下越大，道路越来越泥泞，三却发起烧来，浑身火辣辣地烫。爹满脸焦躁，爹说，三，今天就是磨蹭到黑，爹也要把你背到城里去。

三说，别，爹，还是我自己走吧。

爹不语，依然倔倔地把三背起来，艰难地朝前走。

离城还有十里，三趴在爹背上睡着了。

爹说，三，醒醒，陪爹说说话儿。

三不语。

爹说，三？

三仍不语。

爹慌了，把三转到胸前，只见三脸色通红，呼吸急促，那条长疮的腿肿得好粗好粗。

爹哭了。爹说，三，你怎样了？

三迷迷糊糊睁了睁眼，说，爹，我怕是不行了。

爹说，三……

三就头一歪，又睡过去了。

三死了。三死在他进城看病的路上，那时三很小，爹很年轻。

如今，三的爹已经五十多岁了。

五十多岁的三他爹已经是一家医药公司的经理了。

三他爹最大的嗜好就是常常独自开着小车朝城里跑，此时通往城市的路早已铺了柏油，个把钟头就到了，但三他爹却开得很慢很慢，总是用上半天时间，走走停停，停停走走，仿佛在寻找什么。

人们都说，三他爹是在想三呢，三要是赶上这个时代就好了……

暖 冬

许心龙

忙死八月，闲死腊月。

就在那个闲冬，使我重新认识了丝瓜。也是在那个闲冬，医治我娘的病有了指望。

一切都在偶然中发生。

一大早，呼啸的北风中，丝瓜孑然一人行走在空旷的官道上。

官道旁丛生的杂草和一望无际的麦苗都披上了一层薄薄的冬霜，远处光秃秃的梧桐树和丝瓜的眉毛头发上也挂了一层白绒绒的霜绒。

丝瓜怀揣着一年的收成，向村南打面房的方向走去。

丝瓜又要赌一把了。

每到闲冬，丝瓜都要下一次赌注。丝瓜的赌，是豪赌，把庄户人一年的收成全砸上。难怪有人说，丝瓜要有老婆孩子，他敢连老婆孩子也押上。

丝瓜已赌了八九个闲冬。丝瓜因大赌，又屡赌屡输，至今还没有女人给他成家。这都成了街谈巷议的话柄。虽如此，还没有人很瞧不起丝瓜，还有人早晚送给丝瓜一碗酱豆或芝麻盐什么的。因为从没有谁见过丝瓜偷拿抢盗。

丝瓜一头扎进久违的打面房边的一间土坯草房。就是这间乌烟瘴气的草房，夺走了丝瓜八九年的收成。

那空着的位置似专等着丝瓜的到来。

丝瓜仔细地拍打拍打胸前和头上的霜雪，又跺跺脚上的泥土，缓缓将黑棉袄脱下，随手扔在墙角，一屁股坐在了空着的马扎子上。

嘈杂纷乱霎时烟消云散。看热闹的和参赌的都不约而同倒吸了一口凉气，乖乖儿，丝瓜身穿蓝西装打着红领带脚蹬新皮鞋，这孬种莫非发财了？

丝瓜镇定自若，扭头望一眼西墙上的一个大圆洞。凄厉的寒风不时从洞口斜溜过来。丝瓜从洞口望见不远处自家的麦田。在耕田种麦时，丝瓜都不大敢注视这间茅草屋。丝瓜在这儿失魂落魄、人不人鬼不鬼了八九年！栽的可是大跟头啊！

丝瓜晃了下脑袋，又捏了一下大腿。

丝瓜缓缓从西服口袋里掏出厚厚一沓钞票，轻轻放在胸前的大案板上，又缓缓摸出一包刚开口的香烟，给看牌的一人一支，然后自己燃上，猛吸一口，吐出浓浓的蓝烟，蓝烟在大伙的注视下飞旋着，变成了一个个美丽虚幻的烟圈，袅袅升腾。

这时，丝瓜伸手抓起牙白的色子，熟练地握在手心。丝瓜望着案板上一圈厚厚的赌注，旁若无人地朝手心里吐了两口干吐沫。那色子就在丝瓜的手心里"呼拉呼拉"地旋转起来……

"我的麦呀！"丝瓜望着西墙上的洞口一声惊呼，硬撑起发麻的双腿，夺门而跑。大伙忙从西墙上的洞口望去，只见一头黑母猪正领着一群猪崽欢欢地啃吃丝瓜的麦苗。这麦苗，是丝瓜用铁锨种上的，手上磨出了好多血泡。丝瓜输得连租机械种田的钱也没有了。

丝瓜弯腰捡起一块半截砖头，一路嚎叫着奔向那群该死的猪。

那群猪被丝瓜的突袭吓得四处逃窜。

最终，丝瓜追着那头大母猪跑出了大家的视线。

那头母猪是我爹精心喂养的，是我家的一个宝呢。

这头猪能准时地下猪崽，也就是能准时地给我爹下钱，让我爹准时地买名贵的药医治我娘积劳成疾的病。

我家跟丝瓜一样，穷得叮当响。田里的收成和我爹挣的钱都让我娘的黑药罐子熬跑了……

看到丝瓜哥浑身冒热气喘得上气不接下气，再看到那头同样上气不接下气的母猪嘴上绿油油的，我爹明白了是咋回事，就忙上前赔不是。

这时丝瓜的举动着实让我爹吓了一大跳——

丝瓜"扑通"一声朝那头母猪跪下，而且连叩了三个响头！

丝瓜面无表情，呆呆地站起，一言不发，转身沉重地挪了几步，又回头痴痴地看了我爹一眼，停下，稍作犹豫，伸手从怀里摸出个东西，扔到我爹脚下，就头也不回地走了。我爹糊里糊涂地捡起脚下的东西，揉揉眼睛，不禁失声叫道："我的娘啊！"我发现爹手里拿着的是一沓整齐的钞票。

这一刻，我看到我爹嘴里不断地喘息着长长的白气，清鼻涕耷拉好长好长……

那年闲冬，丝瓜哥赢了四间大瓦房，又赢了个漂亮的黄花大闺女。因能及时吃到药，我娘的气色也明显红润起来。我娘常挂在嘴边的一句话是，这辈子可不能忘了你丝瓜哥。我娘说这话时，一准盯着那头黑母猪幸福地看个不够。

我爹不无自豪地说，要没有咱家的那头母猪，丝瓜赢那么多钱，又咋脱身呢？

　　来年冬天，我一直没见上丝瓜哥。我爹说，你丝瓜哥收罢秋种上麦，就去南方打工去了。

碧玺

立 夏

刚入夏的时候，卢比背着包离开，碧玺用了整整一个夏天思念他。到了秋天，天高云轻，记忆就慢慢地变淡了。

什么都会变淡，只有这些老茶树的叶子总是那么绿。碧玺这么一想，就更珍爱这片茶树林了。茶园是爷爷的命根子，也是碧玺从小到大的乐园。爷爷找了块奇形怪状的大石头，用红漆在上面写了两个大字——天赐，竖在一株最老的茶树旁。碧玺问爷爷，这是什么？爷爷说，这是给茶园取的名字，谢谢老天爷赐给我们这片茶园。

没事的时候，碧玺很喜欢坐在石头上看半山腰飘着的云团，浓的时候，像棉絮扯不开；淡了，就变成一大片薄雾，若有若无，钻到鼻子里润润的。

卢比在的时候，最喜欢大雾天。他喜欢闭上他那蓝色的眼睛，耸着高鼻子夸张地呼吸山间潮湿的空气。碧玺随手摘两片老茶树叶，卷成圆筒塞到卢比的鼻孔里，说这样吸力更大。卢比的样子变得很怪，碧玺就看着他咯咯咯地笑。卢比忍住不笑，他一笑，树叶卷就会掉下来，碧玺就假装生气。

卢比是碧玺从深山里"捡"回来的，刚来的时候整个人似乎虚脱了，站都站不住；碧玺架着他走，累出了一身汗。后来卢比吃多了爷爷打来的野味，就越来越壮实了。一开始卢比不肯吃野味，爷爷瞪着眼睛逼他吃。卢比的脾气很好，爷爷一瞪眼，他就捏着鼻子吃，吃完后再喝一大杯泡得酽酽的茶。

卢比爱喝茶园里产的茶，喝得上了瘾。所以卢比走的时候，碧玺把家里能找到的茶叶都包起来塞到卢比的包里。爷爷瞪着眼睛说，这丫头，爷爷这半年多喝什么？碧玺可不怕爷爷瞪眼，她说咱们明年开春可以再摘。卢比喝完这些，就再也喝不到咱家的茶叶了。

碧玺很希望卢比能留下来，三人继续分享这些茶叶，但卢比还是背着包，跟着来找他的人走了。卢比说，打日本。他这么一说，碧玺和爷爷都不言语了，他们不能拦着卢比去打日本人，尽管他们舍不得卢比。卢比只能说几句简单的中文，这是其中一句。这段时间，碧玺又教他几句简单的中文，还教他写汉字，但是卢比在写字上有些笨，一个"赐"字能写半天，还常常写错。

卢比走后，碧玺又在山上看了两年或浓或淡的云雾，便被爷爷嫁到了山脚下的镇子里。爷爷说，女孩子总要嫁人的。现在日本人已经打跑啦，你还是住到镇子里去吧，安安稳稳过日子。碧玺说，日本人打跑了，那卢比呢？爷爷抬头看看天上的云，说，回他自己的国家了吧。

转眼很多年过去，碧玺竟然六十岁了。这些年，爷爷去了天上，写着天赐的石头还在，茶园却改了名字，叫东风茶园。碧玺有时候照镜子，会有些恍惚，镜子里慈眉善目的老太太是她吗？那个漫山遍野跑的野丫头去了哪里？这里没人叫她碧玺，大家都叫她天赐妈。

碧玺的六十大寿过得很热闹，儿子天赐和女儿天意都特意从城里赶回来，在镇上的酒店办了五桌酒席，还给碧玺搬来台大彩电。晚上，天赐调试电视机的时候看见新闻说，有个美国老人正在本省找一个叫天赐的地方。天赐笑着说了句，嘿，怪了，还有叫天赐的地方？当时，碧玺正好去了外屋，没听到这话，不然，碧玺在六十岁的时候就能见到卢比了。

碧玺七十岁的时候，天赐、天意一定要把她接到城里去住。碧玺让他们陪她去趟东风茶园，她怕再不去，以后就走不动了。

老茶树的叶子还是那么绿，云还是那么散散淡淡飘成雾的样子，碧玺想起卢比的高鼻子里插着茶叶卷的模样，那么清晰，就像昨天的事。碧玺笑了，她笑起来的时候，又回到了小姑娘的模样。

这些年开始流行百年老店。这里的茶叶好，老品牌，销量不错。镇上扩大了茶园的种植面积，还把刻着天赐的石头搬到醒目的地方，重新刷了红漆，想恢复这个老招牌。

碧玺指着石头，对天赐、天意说，瞧瞧，还是你们太姥爷取的名字好。碧玺走到石头的背面，蹲下来，字果然还在，很小，不易察觉。一共八个字，分两行，上面刻着天赐碧玺，下面刻着天赐卢比。这是当年碧玺瞒着爷爷，教卢比刻的。卢比的字歪歪扭扭的，但一点也没有刻错。天赐看到这字，突然一拍脑袋，说妈呀，原来十年前那个美国老头找的就是你啊。

天赐找到电视台，根据卢比留下的联系方式找他，却被告知，卢比已经在两年前因病去世。卢比有两个儿子一个女儿。他们来的时候，镇上举办了隆重的欢迎仪式，还修缮了茶园的大门，请他们剪彩。各路记者蜂拥而至，天赐茶园的名气一下子传得很远。

碧玺也被请到了现场，抗战期间，中国老百姓勇救受伤的美国士兵，她是故事里的主角。

　　碧玺穿着天意帮她精心挑选的新衣服，拘谨地坐在主席台的最边上，手里紧紧捏着一个本子，本子的前几页是卢比的画，画里有茶园、白云、写着"天赐"两个字的大石头；画里还有老爷爷、高鼻子的美国人、扎辫子的小姑娘；本子的后面贴着卢比的照片，一年一张；本子的封面上，用中文写了三个字：给碧玺。

　　记者采访碧玺的时候，碧玺不知道说什么好，嗫嚅了半天，只说，以前他老学不会写汉字，想不到后来竟然写得这么好了。记者提出要看看卢比留下的本子，碧玺一下子把本子紧紧抱在怀里，说什么也不给。

　　那个本子又陪了碧玺很多年，碧玺几乎每天都看一遍。

　　在碧玺生命中的最后一天，她说，我可以看到卢比是怎么慢慢变成老头的，而卢比却只记得我扎辫子的样子。这么说着，她咧开没牙的嘴笑了，然后合上本子的最后一页，闭上了眼睛。

房　子

朱　宏

　　真漂亮呵，这门套，这地板，这吊灯，这床，还有这卫生间。王嫂第一次走进房间的时候心里这样说。

　　王嫂下岗后好不容易才找到了新工作，在一个房产公司当保洁员，月薪三百元。

　　房产公司开发的小区很大、很漂亮，为了吸引客户的眼球，公司把每一种户型都装修了一套样板房。王嫂的任务就是每天打扫其中的一套，打扫完了就在房子里等着，等候看房的客人到来，客人一走还要赶紧把客人踩过的摸过的地方擦拭一下。王嫂第一次走进样板房的时候，就像开头所写的那样惊呆了。王嫂想，要不是下岗，要不是那死东西……唉，现在不也能住进这样的房子了。王嫂一边这样想着，一边就开始忙活起来了。

　　王嫂很珍惜这份工作，加上她本人爱整洁，所以对这所房子倾注了百分之二百的用心，真正是做到了窗明几净纤尘不染。王嫂做完这一切，拢一把垂下的头发，双手叉腰审视自己的战果，如一位将军在检阅自己的部队，间或也会跑过去拂掉桌面上一星半点的灰尘。

　　有一回，一个客人来看房，鞋上带了铁掌，尽管套上了鞋套，还是踩得瓷砖地面"咯咯"作响，把王嫂心疼得跟啥似的。客人一走，王嫂赶紧又拖又擦，然后脸贴着地面瞅了半天，就像鉴宝专家审视一件瓷器。王嫂工作这样尽心，当然会很累，没有人的时候，也偶尔坐在沙发上迷糊一会儿。好几次王嫂梦见自己在厨房里烧饭或是坐在宽大的床上做针线，忽然听见电铃声，王嫂一激灵弹起来，王嫂想着大概是儿子回来了。临开门前，王嫂清醒了，才自嘲地笑笑，起身为看房的客人开门。

王嫂就在这套房子里一天天工作，也就一天天对这套房子产生了感情。王嫂并没有认为当保洁员是件羞耻的事情，偶尔在上下班路上遇到老同事，也会据实相告，并且对那套房子如数家珍。王嫂说，那套房子，啧啧，可漂亮哩，门套、家具全是柚木的，有时间来看看吧。那神色好像是在说自己家一样。

但是王嫂很快就遇到了不开心的事情。随着楼盘销售进入尾声，公司风传将要裁员。王嫂想，这套样板房要是卖出去了，自己就不得不离开了，那么多心血就白扔给那套房子了，再说儿子也到了结婚成家的年龄。于是王嫂在好几夜失眠后，脑子里产生了一个异乎寻常的想法，她准备拿出丈夫的抚恤金和平生的积蓄，把那套房子买下来。

王嫂就领了儿子小强和他的女友丽丽来看房子。漂亮的丽丽头发闪着金光，打扮得花枝招展。走进楼道的时候，丽丽还一直在说，买个样品房，就像买件谁都试穿过的衣服一样，多别扭呀。王嫂笑吟吟地说，看了你就知道了。王嫂用工作用的钥匙打开了门——就像打开自己家的门。门一打开，丽丽的眼睛就看直了。

丽丽说，主卧好大哦，不过梳妆台得换掉，太土了。小强，将来你儿子就睡在这间，我妈可以睡在那间。这个百宝架格子恁多，可不好打扫，就是呀，这么大的房子打扫起来还不要了命，最好，最好请家政服务。王嫂就对丽丽说，你看我还可以吧，我对这个房子可是太熟悉了。丽丽说，可以，可以，那，你就每个星期来一次，最好是趁我们在家的时候……丽丽刚说到这里，就看到了小强眼睛里的火苗，像一只受到惊吓的小猫躲在一边没了声音。

丽丽心里想，他眼神咋那样呢，我说错话了吗？

王嫂心里想，这俩人是咋的了，说不高兴就不高兴了。

小强心里想，这房子还是不买的好。

呼啸城邦

陈柳金

一粒尘埃改变了一个人的命运。

生活在城市底层的李达，觉得自己就是一粒尘埃，黏在城市污浊的胳肢窝里。但他却想钻出夹缝，漂浮起来，去看看城市高处的风景。

一早就被车流声吵醒了，狗日的汽车，十天总有八天把别人的清梦搅得粉碎。为了省点儿早餐费，他常常深夜一两点才睡，这样可以挨到第二天上午十一点，早餐就稀里糊涂傍着午餐解决了。

今天又一次计划破灭，只得恹恹起床，摸出皱巴巴的零钞，鬼魂一样闪离出租屋黢黑的楼道。忽然眼前一亮——路边躺着一张百元钞票，像出浴美女勾着他的魂。快步走上前去，正要弯腰捡拾，一辆车呼啸而来，险些擦着身体。惊魂甫定，李达朝绝尘而去的车啐了一口浓痰。再扭头去找钞票时，却不见了踪影，李达气得直跺脚，失魂落魄地走到早餐店，一屁股坐到门口的露天座位上，点了份炸酱面。络腮胡子的师傅豁嘴一笑，露出两颗虎牙，高喊一声"好咧"，一下子就喊回了李达的魂，肚子咕噜咕噜响。

食客稀少，面很快上了桌，李达饿狼一样扑上去。正吃得天昏地暗时，冷不丁一股气流呼啸而来，差点儿把他这粒尘埃冲走。等他把头从面盒里拉出来，已经迟了，一阵灰尘覆盖了他的脸。他并没生气，谁叫自己是尘埃呢，尘埃见尘埃，好运自然来！但看到灰尘把面糟蹋了，他气得暴跳如雷，抓起面盒铆足了劲儿扔向滚滚车流，操你十八辈祖宗！

叭！面盒飞到一辆车的窗玻璃上，画了个大花脸，李达很解恨。摸着瘪塌的裤兜想再买一份炒面，却连五块钱也凑不够，下一顿，该怎么安慰肚子？

正想离开，一大个子喝住了他，你小子吃豹子胆了不是，敢扔俺车窗！

李达抻长脖子还击，你的车脏了俺的面，俺还怎么吃，给你的车吃！

大个子更气了，你小子眼长屁股上了不是，怎么肯定是俺车脏了你的面？

这却问倒了李达，他搔了搔头，是啊，怎么能断定是他的车呢？不管王八还是八王，今儿个豁出去了。便咄咄逼人道，你们开车的没一个好东西，就知道污染空气！

大个子揪住了他，理亏了还嘴硬，快把车窗擦干净！

饿得浑身乏力的李达见抵赖不了，只得向络腮胡子借了抹布，把车窗当脸擦。也不知他搭错了哪根筋，一气之下整辆车都擦了个遍，亮得能当镜子。

大个子看他可爱，递过来一支烟，小兄弟，以后悠着点儿。找不着事做吧，想不想跟俺干？

正愁没饭吃的李达眼球一动，但马上又狐疑了。不是耍俺吧，刚才还下暴雨，转眼就出太阳了。

大个子一眼就看穿了他的心，递过去一张名片。

李达不看则已，一看嘴巴便张成了"O"形。眼前这位被自己冒犯的不是别人，正是如雷贯耳的易宏达房地产公司董事长黄建伟。市里的世纪传说、幸福里、阳光海岸等十多个大楼盘均出自这位房地产大亨之手！打瞌睡碰到了枕头，李达当然是求之不得了。

就这么巧合，一粒尘埃飞进了房地产王国。李达从底层做起，这个链条见证了尘埃的神奇升腾：销售员——销售经理——董事长助理——总经理。仅三年多时间，李达就从一个草根游民摇身变成了城市金领。他当然要感谢董事长的知遇之恩，但他也暗暗地在心里感谢尘埃。是那天的灰尘让他阴差阳错地认识了董事长，认识了董事长才有了自己的华丽转身，有了华丽转身才买得起这部雷克萨斯。

那天，他开着新车来到早餐店，依然是门庭冷落，络腮胡子还在。李达坐到露天座位，点了炸酱面，说，兄弟，还认得俺不？络腮胡子瞪圆了眼，摇着头，俺还真没认出你是哪路神仙！李达给了个提示，三年前，俺经常来这儿吃面，差不多都是上午十一点来……络腮胡子豁嘴一笑，露出两颗虎牙，记起来了，那次你跟一位大老板较劲，他罚你擦车玻璃，那抹布还是俺借给你的哩！

李达哭笑不得，吞卜热铁似的炸酱面。忽然一阵车流呼啸而过，灰尘张牙舞爪直扑李达，他爆了句粗口，操你十八辈祖宗！扔下面盒和一张十元钞票就走。

他没上车，而是走向以前的出租屋。一辆车猛兽般嚎叫驰来，卷起一张纸投向李达。捏住一看，是一张百元钞票，他诡秘一笑，真是背运时喝水塞牙缝，行运时走路捡黄金。

　　揣了钞票，李达折回去开车。他这次故地重游，是最后诀别——董事长黄建伟早就瞄准了这块儿地，今天批文正式下了。早餐店和出租屋不久将荡然无存，一个时尚高档的新楼盘即将问世。李达嘿嘿一笑，猛踩油门，雷克萨斯像一阵风雷呼啸而过，扬起弥天灰尘，耀武扬威地扑向早餐店。络腮胡子追出来高喊，兄弟，找你五块钱！

感谢父亲

吴富明

打工之前，父亲叫水生和他最后收割一次稻子。

父亲的身子就如镰刀一样，在湿田里不停地抖动着。父亲没和水生说一句话。只见稻子成堆地被父亲摆在身后。

水生想，父亲永远也改变不了一生老黄牛的本性。水生觉得自己是万万不能像父亲一样只知闷声干活的。

歇歇吧，爹。水生叫了句，他感觉，腰像散了架，竟支不起来了。

父亲没有吱声。能听见的只是镰刀锯裂稻子的杂声。此时的父亲正沉浸在一片喜悦中。沉甸甸的稻穗在他手里就是一年的希望。

终于到了田的另一头。父亲才抬起头，轻轻直起身叫了句，水生，打穗啦。

歇够脚的水生从田埂上站起来下到水田中，转身抱了一把稻穗就打起来。

父亲放下镰刀，也过来打起穗。父亲打得很起劲，稻草里几乎没有了稻穗。父亲说，水生，打干净些，不饱满的谷子以后碾了糠还可以喂猪。

水生说，爹，这湿田烂地不好打，弄不好天就暗了。

父亲说，你这是最后一次跟爹收割稻子，你就好好打吧，说不定天暗之前就打好了。你以后出外打工，可千万莫急性子呀。

水生说，爹，你就放心吧，我以后会寄钱回来给你的。打工那比收割稻子要强多了。

父亲没再说话。他手上的稻穗迎空而下，打得谷斗砰砰直响。

夕阳映在田里，像铺上了一层金粉。父亲说，水生，我打了一辈稻，就喜欢这个时候的光，看起谷子来，像一粒粒金豆子呢。

水生说，爹，那是你的幻觉。小时候，我们村小学的语文老师也常这么教的。现在，我看哪，这个时候是凉，太阳小了嘛。爹，你要不先歇歇?

父亲说，不歇了，趁早装袋吧。

父子俩将谷子装完袋后，夕阳就落下了。四周田里尽是散落的稻草，收割的人们正在往公路上抬包装车。

水生说，爹，请人抬吧。看谁家没个帮手的。

父亲说，将就吧，我还没老呢;何况你也在呀。

父亲躬背，将一包谷子甩在背上，深一脚浅一脚就沿着田埂向公路上走。

水生也背了一包。他想，父亲也真是的，老是这么死干，掏些钱请人背，不就省事了? 公路上不是有人正等活干吗?

父亲背得很吃力。

水生见了，心里一阵难受。他拖住父亲说，爹，你就歇着吧，我背就行。

父亲喘着粗气说，人老了，这气力活上不中用了。唉。

你小心啊，别闪着腰，过几天，你还要去打工。父亲说这话时，脸上竟开始绽开了笑容，他一甩手又往背上压了一包。

一星期后，水生离开父亲去外省打工了。

一家工厂要招收仪表工，来报名的人很多。

厂方代表说，不管你学历如何，有没有工作经验，只要能将厂方交代的事做得最好，就录用。

每个来报名的人都拿到了一大堆宣传单。厂方代表说，谁将手中的单子发完，就可获得五十元。时间为一天。

开始行动了。有人不到半天就散完了；有人请人散发；有人干脆往火中一烧了事。那些人早早地领到了五十元。厂方代表说，你们都不错，会动脑。

水生开始也想这么干，别人也教过他。可是他突然想到了父亲割稻和背包时的情景，他就没有了别的念头。

于是，他一张张地发，一天过完了，他还没有完成任务。

第二天，他来厂代表处，交还剩下的单子。

厂方代表笑笑说，你呀，怎就不动脑呢？这五十元可是好赚的。

水生说，我尽了我的努力，我能收获多少就是多少，我不想为此动歪心，不然，我以后还能做正事吗？

厂方代表说，看个出你还不失农民本色。给，这五十元，是你的劳动所得。

水生说，可我没完成任务。

厂方代表说，这五十元可不是散单子那五十元，这是你的工作奖励，因为你被录取了。要知道，我们招收的不是推销员，是仪表工。这是一项关系到生产安全的工作，要求人员认真、尽责，靠歪点子、走捷径是行不通的。你用你的诚实和认真打动了我。其他的人挣的五十元只能是辛苦费而已，与工作无关。

水生很激动。他这时才明白，一生像老黄牛似的干活的父亲为什么总是不轻易说歇，他是在为夕阳前所有的劳动争取一种结果。

三个月后，水生汇回了第一笔工资。他在汇言栏中只写了四个字：感谢父亲。

小年过了是大年

朱道能

　　黑皮把一张红纸卷巴卷巴，往胳肢窝一夹，扭身就走。正在洗碗的媳妇说，还去打牌呀？快过年了，家里还像个猪窝，也不拾掇拾掇？黑皮正用指甲抠牙缝里的肉丝，等到了院子，"呸"地啐了一口，才应道，打你的头啊？我去写对联！

　　老话说，小年过了是大年，熬好糨糊贴对联。今天就是小年，也是写对联的时候了——自从出了个会写毛笔字的杨胡子后，松树沟这旮旯里，就没买对联一说了。

　　黑皮去的时候，正写林老七家的。他家年前刚添了孙子，杨胡子把对联书翻了几下，问，这副"天增岁月家添福"咋样？林老七咧开一嘴黄牙，直乐呵，中，中。

　　杨胡子并没立即动笔。他左手摩挲着红纸，右腕悬握笔毫，屏声息气酝酿片刻后，方才行云流水，一气呵成。写完一副，就让林老七双手提起。他捋着长胡子，喊，退一步，再退，再退……一直看着林老七退到院墙，才算作罢。经过这一番远看近观，满意的，就让人卷起。不满意的，就揉做一团，掷于地下。一村人都知道，一般人讲究的是脸，而杨胡子讲究的是字。有一年，他去大强家拜年，刚进院门掉头就走。正当人家莫名其妙时，杨胡子拿着笔墨，气喘吁吁地回来了。直到他把对联上的一个字，修饰了几笔后，这才作罢。

黑皮在旁边瞅了会儿，呵欠一个连一个。看前面还有人等，就把红纸往桌子上一放，跑到邻院看打牌去了。一直看到散场，黑皮才想起对联来。等他过去一看，红纸还原封不动地躺在那里，而杨胡子已经开始收摊了。

黑皮急了，说，我的还没写呢，咋不叫我一声啊？杨胡子回了一句，你卖肉的不守案，怨我？明天再来！说着，收起笔墨，转身进了屋。

媳妇听了黑皮的话，皱着眉头说，不对啊，这杨胡子不是故意晾你吗？——你是不是在哪得罪他了？

黑皮没好气地说，他写他的字，我干我的活，鸡狗尿不到一壶去，谁得罪谁呀？虽然嘴上这么说，心里还是嘀咕开了。到了晚上睡觉时，他咯噔一下，突然想起了一件事。

那天是大强房屋上梁的日子，杨胡子被请去写喜联。黑皮被请去上大梁。轮到入席吃饭时，有人客套道，杨先生，你上席请。杨胡子客气了一声，就一屁股坐在头席上。黑皮一见，心里就有些不舒服，我们爬高下低，一个汗珠摔八瓣。你倒好，就那么鸡爪子爬几下，就弄得跟功臣一样，让我们一群人师傅样陪着你……

因为心里不爽，黑皮就多喝了几杯闷酒。吃过午饭，在挑选的未时良辰里，开始上梁封顶了。而后，一副上梁的喜联，就递到了黑皮手中，而站在下面指挥的，就是杨胡子。黑皮好不容易挂好对联，刚刚歇口气，杨胡子就后退几步，眯着眼，又开腔了，左边那副对联，再往上提一个拇指，不，一个半拇指……憋了许久的黑皮，借着酒劲，一下子爆发了，一会儿东一会儿西，你要猴啊？你自个屙屎自个擦！写俩字就算本事？有本事你把这梁给我架周正了！话音一落，杨胡子当下脸就变成了猪肝色。后来大强出面圆场，再加上"噼噼啪啪"的鞭炮一响，这事才算过去了。

媳妇一下子翘起头，一股凉风便灌进了被窝。你看你，猫尿一灌，就不知道自己姓啥了。咋样，得罪人家了吧？

黑皮把脖子一梗，得罪他咋啦？少了他张屠夫，就吃有毛肉？不就是对联嘛，我明天赶集想买几副买几副。

媳妇知道，男人是在赌气。老辈传下个说法，免费给人写对联，是积福。免费得对联，是得福。再说了，全村九十九户贴杨胡子的对联，你一家贴买的，咋说也不是个光彩事啊。

媳妇劝黑皮，明儿去了，主动递根烟啥的，他就借坡下驴了。多大的事啊，笑一笑不就过去了？

黑皮犟劲蹿上来了，说，男人的事，你们娘们儿懂个啥？睡觉！

第三天，一群人围在村口的大碾盘上打扑克。黑皮过来了，把一卷纸往磨盘上一扔，说，让我来两把。有人拿起那卷纸，问，这啥？黑皮应了一句，对联。那人一打开，就笑，啥对联呀，咋比你媳妇的脸还皱巴啊？接下来，笑得更厉害了，哈哈，你们瞧瞧这副对联，丹凤呈祥龙献瑞，五更分两年年年称心。啥玩意啊，驴唇不对马嘴！黑皮说，别瞎说，这可是杨先生写的对联哩！说话间，他把手中的牌一摔，哈哈，炸弹！

小年一过，日子就像点燃的炮引，"哧"的一下，就到了除夕。

早上起来，媳妇惊叫一声，黑皮，快来看，门口放着对联儿……

黑皮打开对联一看，不但院门、厅房、厨房样样不少，而且连自家的猪圈门都没落下。

黑皮摸着没有胡须的下巴，嘿嘿直乐，就你个绵"羊"样，还想跟俺大牛顶头？！

大牛，是黑皮的小名儿。

大年说到就到了，媳妇忙着准备年夜饭，黑皮忙着贴对联。当他把最后一副"猪如大牛"的对联，端端正正地贴上猪圈门后，便像杨胡子一样，后退了几步，把红彤彤的对联都瞅了一遍，兀自笑了。

"噼噼啪啪"，在此起彼伏的鞭炮声中，松树沟的家家户户，都沉浸在欢乐的气氛里。

瞅 地 猫

马河静

"天上不会掉馅饼这是真理，而真掉下馅饼你看不见就是傻子。"这就是老刘的哲学，地生万物，可都不是在你眼皮底下能看得到的，必须得"瞅拾"。所以，老刘走路就像猫一样，瞪着眼，脑袋左右摇摆。故此，人们称他为"瞅地猫"。

他与猫不一样的是不逮老鼠，可涉猎广泛，比如啤酒瓶、半截砖、铁钉破鞋旧电线，在他眼里都是钱，因此见啥拾啥。据说，他练就了火眼金睛，看透了三尺地沟下有宝，硬是揭开捞出了一分钱。

这天瞅地猫吃罢饭出去瞅拾，看见一个姑娘在发传单，他就走上前伸手要。

瞅地猫好要传单，原因有三：其一是传单上有买东西得奖、降价优惠等信息，他没事就捡这些便宜干；其二是有的传单纸质相当好，跟年画一样，拿回去都有用，比如说包东西，垫箱底，卖废纸都行；其三是他女儿曾经干过发传单的活儿，发完一沓挣三十元。像今天这个姑娘一样手冻得像红萝卜，他心疼。

这个姑娘给他的是三指宽一拃长的一张"影片观赏券"，说拿着票到黄河大厦可免费看一场电影。他想要两张，姑娘说每人仅限一张。他说，他与爱人两个人去看，就缠着又要了一张。

这种票仅限于上午看电影，一般上午看电影的人少，大厦就借此搞促销活动。

瞅地猫坐公交车到了黄河大厦三楼影视城，一个小姑娘让他在登记册上填上姓名、住址、电话号码，把观赏券换成了电影票。又指着台上的一个圆形玻璃罩，让他从里面摸一个。他对着口往里一瞧，里面有一二十个乒乓球，有白色的、黄色的。他顺手从里面抓了一个白色的，交给了小姑娘。小姑娘拿到手上看了一下说，没奖。这时他才知道，看电影还可能中奖。

看罢电影已经十二点多了。瞅地猫拿着另一张影片观赏券揣摩，这一张票六十块钱，不能叫它浪费了，可电影票上明明印着一个人只能看一次，再去被人家认出来就丢人了。去还是不去？

瞅地猫踌躇着，看看天，天上飘着雪花，看看观赏券，价值六十元，又想，哪能恁巧，刚好就被认出来？又想到了奖。

这时瞅地猫的思维又活跃起来。他想能奖个啥呢，中午明明看到里面有几个黄色球，黄色或许就是奖。他顺着这个思路想下去，奖啥呢？人民币还是电视机？隔壁邻居那年就是两块钱奖券得了台电视机。

他很兴奋，去，去看电影！不只看电影，重要的是电视机。

于是，他决定不回家了，就近在大厦附近饭店吃碗烩面。放下碗筷，时间尚早，他出来看见风刮着一张报纸，撵了多远才拾起，看看四版内容全部是卖房租赁、小额贷款等内容，在一版的左上角空白处有个长方形红章，内容是"持本报可到玲珑翡翠店领取礼品一份"。

瞅地猫想，好事，翡翠可是贵重东西！玲珑翡翠店在解放街，得坐 5 路车。瞅地猫打算看罢电影再去。

瞅地猫走出饭店向黄河大厦奔去。他边走边想，上午我外面穿的是羽绒马夹，现在我把马甲脱了，避免被服务员认出来。

到了大厦影视城打老远一瞧，服务员成了两个人，一男一女，女的还是中午的那个。他徘徊不前。一会儿见女的弯腰到地上干什么，他就急忙上前将观赏券递给小伙子，小伙子看都不看让他在登记表上登记了，并给他换了电影票。

他接过票，看了看吧台上的玻璃罩，问："还得摸奖吧？"

这时吧台后面的姑娘忽地站了起来，说："咦，你中午已经看过了呀。"

瞅地猫说："我没有看。"

姑娘说："没有看，你咋知道还得摸奖？"

瞅地猫支吾着指着玻璃罩说："那不是让摸奖的吗？"

姑娘说："别说了，上午你穿了个马甲，现在你脱了马甲，我也认识你。"

这句台词人人皆知，太幽默了，太逗人了，旁边的人"哄"的一声笑开了。

瞅地猫的脸憋得通红，有点儿恼，说："你这闺女咋骂人哩。"

姑娘忍俊不禁，说："叔叔，我不是故意的。"姑娘捂着嘴，笑弯了腰。

瞅地猫被姑娘的笑感染了，不由得也笑了，自我解嘲说："算啦，算啦，我不看啦，我不看啦。"

瞅地猫走到联通公司门口，有个人骑着摩托车超过了他。他眼见从车上掉下个什么，就急忙拾起一看，提包，里面鼓囊囊的。他打开一看，里面全是钱。抬头环顾四周，无人，他一阵窃喜，真的发财了。他站在原地未动，抬头看了看天，零零星星的雪片，薄薄的，飘到脸上凉凉的，飘到地上不见了。

人一激动，思维就活跃。瞅地猫竟想到过去学习毛主席著作讲用会，"要斗私批修""毫不利己，专门利人"，还有"狠斗私字一闪念"。这是当时人们挂在嘴边的几句话。

瞅地猫想，我是发财呢，还是当个拾金不昧的模范呢？

这时，从门岗走出来个保安，笑呵呵地对瞅地猫说："兄弟，发财了？"他点点头。

保安说："打开看看。"他又打开了，里面真的是钱。

保安说："取出来数数。"瞅地猫摇了摇头。

保安前后看了看，说："是刚才骑摩托车的女人掉的，她也穿的马甲，是红马甲。"又说，"天真冷，门岗屋有暖气。"

他很警觉，摇了摇头说："我哪也不去，就在这儿等。"

保安围着他转了一圈，跺了跺脚，回门岗了。

这时瞅地猫主意已定，钱算啥，不义之财不能要。

瞅地猫想，拾金不昧才是好事。失主来了，不定要激动成啥样哩。她可能会握住我的手说，你真是个好人啊！或者流着眼泪说，我的孩子有病，这可是救命钱！

瞅地猫已经想好了词："办好事是应该的。"就是记者问我，就是获奖感言，我也坦然地这样说！

瞅地猫不觉得冷，就像雪花一样飘飘然。他想，当模范的感觉真好。

这时雪下大了，一阵风卷着雪花围着老刘转。瞅地猫像电线杆一样立在路中间。迎面过来一辆摩托车，骑车人没穿红马甲，他往一边躲了躲，车过去了，他又立到路中间。他的马甲是深蓝色的，套在棉衣外边，棉衣上有棉帽子，但他不戴，他觉得自己是一个高尚的人，得密切注视穿红马甲骑摩托车的女人。

这时，对面又有摩托车的轰隆声，眨眼车就在眼前停下了，穿红马甲，漂亮的美女。

她说："请问——"

瞅地猫急忙说："拾啦，钱包。"想想又有点儿不对劲，急忙把挎包背到后背，问，"里面装的是钱？"

红马甲女人说："就是就是。"

瞅地猫像对住暗号一样，立马把挎包递了过去，说："给。"

红马甲一把接过钱包，打开看了看，莞尔一笑，说："谢谢啦。"说完，好像怕再丢了一样，紧紧揣进怀里，发动摩托就要走。随着发动机响，瞅地猫的思想就像发动机一样转开了，她没把我当成拾钱的人？她把我当作保管钱的人！把我当成了她老公！

瞅地猫一把抓住红马甲说："站住！"

红马甲愣了一下，熄了火，从包里抽出几张递给了瞅地猫。

瞅地猫想了半天，说："啥意思？你、你、你把我带到玲珑翡翠店吧？"